杜可馨｜謝欣穎　飾

行到水窮處
不見窮，不見水——
卻有一片幽香
冷冷在目，在耳，在衣。

你是源泉，
我是泉上的漣漪，
我們在冷冷之初，冷冷之終
相遇。像風雨風眼之

乍醒。驚喜相窺
看你在我，我在你；
看你在上，在後在前在左右：
迴眸一笑便足成千古。

——周夢蝶〈行到水窮處〉

杜可馨｜謝欣穎　飾 、 董欣霓｜王樂妍　飾

杜可馨｜謝欣穎　飾 、 杜逸民｜楊懷民　飾 、 杜可婕｜周采詩　飾

希望你可以記住我，
記住我這樣活過，
這樣在你身邊待過。

——村上春樹《挪威的森林》

也許我談戀愛的心境已經過去了，
也許從來沒有來過，
但是我現在心太虛，想抓個東西填滿。

——蘇偉貞《陪他一段》

向書磊｜李威　飾　、　杜可馨｜謝欣穎　飾

杜可馨｜謝欣穎　飾　、　向書磊｜李威　飾

等待這種東西並不如我們所想，一定要有目的，
一定要有等到的那一天。
這種植物執迷不悟地生長，等待就是它本身的目的。
不一定等到什麼，只要等，聯繫就在。

——梁文道《我執》

我笑，便面如春花，定是能感動人的，任他是誰。

——三毛《撒哈拉的故事》

杜可馨｜謝欣穎　飾

向書磊｜李　威　飾

故事總是一步一步、一句一句將我們帶向未知的遠方，
經常使人迷路。
在故事裡的每一個片刻，最迫切的危險總是這樣：
我們貪戀眼前的風景，忘記行前的目的。

——張大春《聆聽父親》

你來不來都一樣，竟感覺
每朵蓮都像你
尤其隔著黃昏，隔著這樣的細雨

永恆，刹那，刹那，永恆
等你，在時間之外
在時間之內，等你，在刹那，在永恆

——余光中〈等你，在雨中〉

董欣霓｜王樂妍　飾

李澤暄｜黃鴻升　飾

那時我便為你寫一首
春天的詩，當一切都已經
重新開始——
那麼年輕，害羞
在水中看見自己終於成熟的
影子，我要讓你自由地流淚
設計新裝，製作你初夜的蠟燭

——楊牧〈讓風朗誦〉

生在這世上，沒有一樣感情不是千瘡百孔的。

——張愛玲《傾城之戀》

向書磊｜李威　飾

程孟政｜張翰　飾　、　杜可馨｜謝欣穎　飾

人們繼續著日常，太平洋邊的港鎮平靜如昔。

——陳雨航《小鎮生活指南》

狐狸說：「這就是我的祕密。它很簡單：只有用心靈，一個人才能看得很清楚。真正的東西不是用眼睛可以看得到的。」

——聖修伯里《小王子》

向書磊｜李威　飾　、　杜可馨｜謝欣穎　飾

李澤暄｜黃鴻升　飾　、　杜可馨｜謝欣穎　飾

我卻在尋找一種虛無東西的夢幻中，迷失了方向。

——馬奎斯《迷宮中的將軍》

管他一世的緣份是否相植於千年慧根
誰讓你我相逢
且相逢於這小小的水巷如兩條魚

——鄭愁予〈水巷〉

杜可馨｜謝欣穎　飾　、　向書磊｜李威　飾

那段時光似乎前所未有，又似乎一向如此：
我們去那裡，一無所求，
卻發現所有的東西都在那兒等候。

——聶魯達《100首愛的14行詩》

巷弄裡的那家書店

Lovestore at the Corner

原創小說

夢田文創｜策劃製作・楊照｜製作顧問・夏佩爾 & 烏奴奴｜撰稿

一間截然不同的「巷弄裡的那家書店」

◎夢田文創執行長 蘇麗媚

「巷弄裡的那家書店」這部電視劇，是夢田文創龐大閱讀計畫的起源，也是面向新時代，我們嘗試突破產業困境，尋求跨業匯流、發揮共創精神的一項試驗。它不只是一部電視劇，而是更像一個「故事概念」，從這個故事概念延伸，我們有了侯季然導演拍攝的四十家獨立書店紀錄短片、有了這本《巷弄裡的那家書店　原創小說》……還有更多更多「相似卻不相同」、「具有自身媒材特性」的共創商品。

聽起來是否讓人一頭霧水呢？過去三年來，當我們嘗試進行這項試驗時，不知有多少人提出質疑，或者是感到無法理解。我最常聽到的提問便是：「怎麼會選書店這麼嚴肅的題材拍電視劇？」

其實，書店這個主題一點都不嚴肅。過去三年，我們在不斷的探詢和摸索後，發現台灣的獨立書店裡，有著濃濃的「人情」。像是為了小朋友一句「我想一直來聽故事」，便咬牙借貸維持書店營運的老闆；或是只因見老闆店務繁重走不開，便主動買來便當的客人……。書店裡的好多故事，不但是台灣「人情味」的縮影，同時還有台灣特有的獨立精神和文化個性。因此，我們才會選擇以「書店」做為故事主題，試圖帶出專屬於台灣的文化內涵，並探索更多樣的多媒材創作可能。

這樣的嘗試，對過去的影視產業來說，可能礙於收視率的考量，難以成為選項。但我們卻相信，打破邊界的跨業合作，從一個故事概念連結出更多內容獨特的商品或服務，是值得冒險的創新作為。很幸運的是，這樣的想法，得到楊照先生和遠流出版社的認同，楊照慨然允諾擔任「巷弄裡的那家書店」整體計畫的總顧問；遠流出版社則是一連與我們合作出版兩本書：《巷弄裡的那家書店》劇本改編小說、介紹台灣四十三間書店的圖文書《書店本事》（預計二〇一四年八月出版）。

有朋友告訴我，這本原創小說和一般偶像劇出版的周邊小說產品很不一樣。它雖然和電視劇相同，都是在講「妹妹追尋失蹤姐姐」的故事，但這本小說卻充分發揮了故事中的懸疑和神祕性，和電視劇較多故事線及如詩般的沉靜氛圍截然不同，完全可視為一個獨立作品來看待。

是的，這便是我一開頭所說，從「巷弄裡的那家書店」這個故事概念延伸，進而創造出來的「相似卻不相同」、「具有自身媒材特性」的共創商品。我們很開心與相當優秀的創作者烏奴奴與夏佩爾合作，他們兩位僅僅與顧問楊照開過幾次會，便充分掌握這個故事的精髓，用文字演繹出不同的韻味。這小說用文字說了影像無法完整表達的內容，也說出了自身想說的話。正如影像的呈現給人的感覺更為具體和直觀，同樣的故事透過不同的媒材，自然有其獨特的創作樣貌。

我們都玩過「故事接龍」的遊戲，當不同人接手故事時，就會開出不一樣的花朵，最後可能發展出的創意，往往讓我們驚呼連連。誠摯邀請讀者們進入烏奴奴與夏佩爾為我們鋪陳的「巷弄裡的那家書店」，相信我，你會愛不釋手，一章接一章地往下閱讀。同時，除了感謝楊照、感謝遠流外，我還要特別感謝石芳瑜、朱平、朱國珍、李全興、沈方正、邱明慧、封德屏、商台玉、張大春、陳郁敏、陳清河、曾國峰、黃巾倪、黃海鳴、黃麗燕、詹宏志、蔣顯斌、鄭俊德、鄭國威、謝榮雅、羅智成這些好朋友（請原諒我用姓名筆畫順序這麼沒創意的方式來介紹你們），謝謝他們一路支持「巷弄裡的那家書店」，常常二話不說就協助提供資源。這個充滿冒險精神的計畫，因為有這麼多人的鼓勵和協助，更顯得完整及珍貴。

第一章
走進書裡的女孩

在每一個失眠的夜晚裡，杜可馨總會想起姐姐小時候說過的一個故事。當年才五歲的她，一邊任性地踢著棉被，一邊吵著說，不想再聽那些被翻爛的童話繪本，她要聽從沒聽過的故事！

面對妹妹的無理取鬧，她的姐姐不慌不忙，索性什麼書也不拿，優雅地坐在床頭，輕聲細語地對她說了那個故事：

很久很久以前，有一個很愛聽故事的小女孩。有一天，她晚上睡不著覺，想起了以前聽過一個很棒的故事，她跑下床來，想去找那本故事書。她開始東翻西找，好不容易找到了書，才發現家裡沒有人可以說給她聽。於是，她就走進了書裡頭，決定到故事中去找願意跟她講故事的人。可是，她再也沒有走出來。

那是杜可馨第一次、也是唯一一次聽這個故事，因為，她聽完以後覺得很恐怖，連燈也不敢關，就躲進被窩裡，翻來覆去好久才勉強睡著。後來，每逢就寢時間，她就再也不想聽床邊故事了。

在小可馨天真幼稚的心靈裡，並沒有懷疑姐姐是存心嚇唬她，她只是在懵懵懂懂中學會一件事，原來，這個世界上有好的故事，也有不好的故事。至於她的姐姐，依然是她認定全世界最會說故事的人。

然而，某一天，她這位唸書聲音特別好聽的姐姐——杜可婕，就這麼靜悄悄地失蹤了，再也沒有人看過她的身影。那一年，杜可馨剛滿二十八歲。

關於杜可婕的神祕失蹤事件，至今在警局還是一樁懸案，就連警方的筆錄也記載得不清不楚。她的家人無法真正確定，她到底是哪一天開始失蹤的？她那天的行程又是什麼？從她身邊的友人得知，杜可婕一直是個熱愛旅行的背包客，經

常不定期地在國內外旅行，有時候，甚至失聯長達一、兩個禮拜。家人們對她的行蹤不定似乎也習以為常，加上她一個人在外頭租屋，沒辦法確實掌握到她的行程，直到這一整個月她都沒回家，手機也打不通，大家才發現事情不對勁。

杜可婕的母親——秦若蘭最後一次看到女兒的時候，以為她只是單純回家一趟。如今，仔細回想起來，她走出家門的身影，似乎揹著一個旅行包，很有可能，她的目的地就是這起失蹤事件的關鍵線索。

警方進一步調查過，杜可婕這段期間都沒有出國的紀錄，倒是查出她平日就有登山的嗜好。從她電腦中的私人檔案裡頭，發現關於筆架山的地圖與相關資訊，最重要的一項情報，莫過於有人目擊到杜可婕出現在筆架山的山腳下。因此，這座山也成為警方搜索的主要範圍。

除了警方派出大批的搜救人員，杜可婕的父親——杜逸民也聯絡了與女兒熟識的山友們，大家合力在筆架山來回尋找。然而，所有搜索行動最終都宣告失敗，杜可婕彷彿憑空消失在這個世界上。

半年過去了，警方不再積極尋人。由於家人堅決否認她有自殺傾向，也找不到她有任何輕生的理由，所以，警方將這起事件定調為意外，並將杜可婕列入失蹤人口檔案裡。但，搜索並沒有因此落幕，因為，杜逸民還沒有死心。他自掏腰包，找來專業的搜救隊，他們一次又一次地上山，最後，照樣徒勞無功。

為此心力交瘁的杜家，不僅僅是失去了長女，整個家庭也從此造成了難以彌補的傷害。

在那段期間，杜逸民拋下了大學的教職工作，整天像遊魂似地掛念著女兒的安危，而秦若蘭見到丈夫如此，更是慌了手腳，只能到處求神問卜，時時刻刻都心神不寧。眼看著父母被這起事件引起的漩渦愈捲愈深，杜可馨是第一個從悲劇氛圍中跳出來、重新恢復自己生活步調的人，可是，她的家人並沒有跟進腳步，依舊沉沒在看不到真相的深淵之中，她雖然逃了出來，卻反而顯得她跟他們格外疏離。

無奈的是，杜可馨什麼忙也幫不上，她只能祈禱姐姐快點出現，而隨著失蹤的日子愈長，她從一開始擔憂姐姐的生死，漸漸地，也轉變成關心父母何時能走出喪女之痛。本身也是受害者的杜家人，始終無法冷靜客觀地看待這起懸案，他們在乎的僅僅是杜可婕的下落，沒有仔細思考過，這背後是否存在著什麼隱情？

直到有一天，家門前出現了一位意外的訪客，將杜可婕的失蹤事件引導到另一種他們從來沒想過的離奇發展。

那位訪客按下電鈴的前一分鐘，杜可馨正光著腳坐在地板上，小心翼翼地撕下腳趾頭上的繃帶，底下包裹的是過度練舞造成的傷口，而她所付出的心血，全是為了即將在下午舉辦的舞團甄試。

「對不起啊！腳趾頭們，我知道你們很痛，但再撐半天就好，求求你們了。」杜可馨傻氣地向自己的腳趾陪不是，儘管她這雙笨拙的腳老是不爭氣，從小就夢想成為舞者的她，這麼多年來，始終闖不出什麼名堂，只能當個業餘的舞者，頂多就是在社區活動或尾牙節目上表演，真要說她是舞者，大概連自己聽了都會臉紅。

不過，就算被人嘲笑，杜可馨還是不肯放過任何機會，只要一看到舞團甄選的訊息，她總是火速報名參加，屢敗屢戰，她相信，有朝一日，自己的努力必能得到肯定。

偏偏就在這麼不巧的時刻，電鈴聲響起，害她不小心撕得太用力，把瘡痂都撕破了，痛得她大叫了一聲。她忍痛氣呼呼地爬起來，用單腳跳到門口。門一打開，看到一位穿著時髦的短髮女子，全身散發出熱情積極的氣息。

杜可馨第一時間以為這名短髮女子是記者，由於姐姐失蹤一事曾登上新聞版面，不少記者都登門採訪過她的家人。秦若蘭害怕面對鏡頭，杜可馨也怕自己說錯話，所以，全都交給杜逸民來發言。起初是希望透過媒體的力量尋找姐姐，後來，他們發現媒體的報導愈來愈流於八卦靈異，便拒絕再受訪。只要是記者上門，都一律打發他們離開。

杜可馨有了先入為主的印象，當下板起臭臉。

「請問妳找誰？」

緊握門把的杜可馨，幾乎就要把門關上了，沒想到，對方連珠砲似地說道：「妳是可婕的妹妹，是嗎？我是她的朋友。」

這句話成功瓦解了杜可馨的心防，她愣愣地複誦道：「妳是……我姐的朋友？」

「是的，妳好，我叫作梁立芸。」

單純的杜可馨不疑有他，便打開門，請梁立芸進入屋中，而她的父母剛好都不在家，於是，她便獨自招待客人就座。

杜可馨一向說話直接，她問道：「妳……應該不是來找我姐的吧？」

「我知道可婕的事。」梁立芸遞了一張名片給杜可馨，上面的頭銜寫著鶇日出版社編輯。這下子，又讓杜可馨警戒了起來，她心想，該不會引狼入室了吧！

「不好意思，我們不接受採訪。」

梁立芸趕緊解釋：「妳誤會了。可婕以前常幫我們翻譯小說，她的文筆很好，我們合作得很愉快，平時也有一些私交……我今天來這裡，是想調查一件事情。」

杜可馨愈聽愈充滿好奇，她不發一語，靜靜地聽梁立芸續道：「在可婕失蹤以前，她曾經給我看過一篇手稿，那真的是她在稿紙上一筆一字寫下來的。她說，那是她第一次嘗試寫的小說，雖然只有開頭幾頁，但還是希望我能給她一點意見……」

「我姐會寫小說？」

杜可馨轉念一想，姐姐會寫作其實並不意外，她本來就是個愛書成痴的人。也許，光看別人的書，已經無法滿足她的書癮。

「嗯，而且，妳姐姐的小說寫得非常吸引人，一看就讓我欲罷不能呢！」

杜可馨一聽到梁立芸的話，馬上大表認同，連連點頭道：「對對對，我姐從以前就很會說故事，她很會勾起你的好奇心，非要聽她說完不可。」

梁立芸的神情略顯詫異，回應道：「喔，我倒是沒有看過她這一面，她給我的印象總是安安靜靜的，也許，她只有跟比較親密的人，才會展現說故事的口才吧！」

杜可馨沒有接話，她不好意思說，離姐姐上一次跟她說故事，不曉得早已過了多少年。她們是親姐妹沒錯，曾經住在一個屋簷下，一起玩、一起長大，可是，究竟是從哪一年開始，她們不再那麼親密了呢？

梁立芸見杜可馨在發呆，主動導回正題道：「……總之，我給了可婕那部作品極高的評價，並且跟她拍胸脯保證，只要她整部作品寫完，我百分之百可以說服總編，幫她出書……」

「那後來呢？我姐有寫完嗎？」

梁立芸黯然地搖了搖頭：「我本來還想跟她催稿，沒想到，可婕就這麼失去了下落……」

「我想，姐姐一定很希望能夠出書，我也替姐姐感到可惜。」

「坦白說，這半年來，我早該來跟你們說這件事，之所以拖到今天，主要是看到你們被媒體包圍的樣子，不願意再跑來打擾你們的生活，畢竟，你們這些日子以來一定很不好受……」

「那妳為什麼又決定要來了呢？」

梁立芸的話鋒一轉，說道：「因為……最近發生了一件奇怪的事。」

「啊？」杜可馨對這突然的轉折，一時間反應不過來。

「我在網路上瀏覽到一篇被轉載的文章，作者不詳，但內容竟然就是可婕寫的那部小說，而且，比我之前看的又多了幾頁文字……」

杜可馨對文學一竅不通，聽得似懂非懂：「這是什麼意思？誰亂貼姐姐的小說？又是誰在幫她寫？」

梁立芸的眼睛閃閃發亮：「我在想，可婕是不是還活著？也許，她正隱居在某個地方寫作？」

這句話說完的同時，杜可馨的手機鈴聲也響了起來，並沒有人打給她，而是她自己設定的提醒鬧鐘。

這位意外的訪客走得有點草率，因為杜可馨急著趕去舞團參加甄選，只好匆匆結束兩人的對談。臨走前，杜可馨看得出梁立芸的神情有點失落。對方似乎在檢討，到底是杜可馨太冷漠，還是自己發現的線索不夠驚人。

杜可馨承認，她的反應之所以慢半拍，是因為她心裡認為姐姐已經死了，才沒認真地思考過梁立芸的推論。結果，等到她上場考試的那一刻，她竟在最不該胡思亂想的時候，腦海裡被這些疑點與謎團占據，害她無法集中精神，頻頻記錯舞步。

離開甄試會場時，杜可馨懊惱不已，她知道自己沒有跳好，這次甄試肯定是落選了。她怨不得別人，因為，即便她自認處於絕佳狀況的時候，也沒有獲得錄取過。

小時候，她覺得芭蕾舞者很漂亮，老吵著要父母讓她學舞。那次在表演會上跳舞給大家看，每個人都讚她可愛。從此以後，當一名專業舞者就成了她未來的夢想，只不過，隨著一次次的甄選失利，她不免懷疑起自己到底有沒有才能？

如果答案是有，那麼這次的失敗，是不是該怪罪姐姐呢？為什麼偏偏要挑在這個節骨眼冒出關於她的消息？

梁立芸的情報對姐姐失蹤一事是真是假、是好是壞，杜可馨無法判斷。她決定把它丟給父親處理，否則，她什麼事也做不好。於是，她搭車前往市區的一所大學。

杜逸民是一位大學社會系教授，在這所學校任教了幾十年。杜可馨記得，小時候，爸爸最常帶她們姐妹倆去的不是遊樂園，而是校園裡的圖書館。那是一個玩捉迷藏的絕佳地點，不但隱密安靜，還有好多好多書櫃與角落可以躲藏。可是，每次當她躲了好久好久，才發現姐姐根本沒有來找她，反而盤坐在地上，一臉著迷地看著一本本書籍。

明明是同一個父親生的兩個女孩，為什麼會差這麼多呢？杜可馨的功課從國小爛到大學，她一看到書就打哈欠，到現在還是常常寫錯字；而杜可婕則是才貌兼備，在眾人的眼中，宛如不食人間煙火的夢幻女孩。學生時代的姐姐，不知道收過多少封情書，反觀妹妹杜可馨，始終脫離不了野丫頭的形象，只會把男生們嚇跑。

這對姐妹花受歡迎的程度雖然大不相同，但感情經驗倒是一樣少得可憐，她們就外貌而言，無疑是讓人眼睛一亮的美少女，在求學階段卻沒交過一位男朋友。杜可馨自認沒男人緣，沒人追也不打緊，她比較好奇姐姐在想什麼，明明這麼多人喜歡她，為什麼她就是不動心呢？有人說，是因為她們家教甚嚴，教授老爸管得很緊。事實上根本沒這回事，這一點杜可馨最清楚不過，她的爸媽完全不需要管教姐姐，因為姐姐太早熟了，在她的身上，好像找不到一絲絲青春期的煩惱。

姐姐交到第一個男朋友，是在她大學畢業的那一年，對方是一個肌膚黝黑的義大利男孩。他跟姐姐是在旅行途中認識的，年紀比姐姐還小幾歲，他帥氣得可以去拍雜誌封面了。為了追求姐姐，他竟跟她回了台灣。每次，他約姐姐出去玩的時候，都會邀杜可馨一起去，他們三人曾經一起度過一整個暑假，她還跟他學會了游泳，現在回想起來，那可以說是她跟姐姐感情最好的一段日子。

可惜，這段異國戀情在夏天結束前，就宣告終止，他們交往不到三個月就分手了。

有好長一段時間，姐姐都一直維持單身狀態，直到前幾年，她才又交到一個新的男朋友。這一次，杜可馨跟對方就沒那麼熟了，她只見過他一次面而已，除此之外，沒有任何交集。

杜可馨有句話憋在心底，並不是她心生嫉妒，但她真的覺得，姐姐不適合交男朋友，所以，她那時就有股預感，再過不久，她一定也會跟這任男友分手。只是她萬萬沒想到的是，在這個預言成真以前，姐姐就已經先失蹤了。

杜可馨一邊回憶往事，一邊走進一間階梯教室。杜逸民正在台上講課，她一進來，父親就認出了她。他已經很習慣女兒這麼做，匆匆瞥過一眼後，又繼續上他的課。她也假裝自己是來旁聽的學生，隨便找個空位靜靜地坐著。她喜歡從這個角度望著父親，那是他最帥的模樣。

杜逸民已經有好一段時間沒來上課，這一年多來，他為了找女兒瘦了好幾公斤，白髮也變多了，這個月才重回教職。看到他熟悉的教書風采，杜可馨一方面感到欣慰，另一方面也隱隱覺得不安。萬一，他聽到姐姐手稿的事，會不會又燃起尋找姐姐的希望，然後，再度將自己與家人的生活搞得天翻地覆？

下課後，杜可馨與父親一起走出教室，儘管心有疑慮，她依然得把該說的事情交代給他。她剛剛已經模擬好整串對話，打算用今天舞團的甄試當作開場白：

「爸，你應該知道吧？今天是我甄試的日子……」

話還沒說完，杜逸民突然搶著說道：「到我研究室來，爸給妳看樣東西！」

杜可馨只好跟著杜逸民前往他的個人研究室。一進門，就看到地上擺放著一個個快遞貨箱。杜逸民有別於方才課堂上的沉穩，神情略顯激動：「今天剛到貨，都是全新的。」他用微微發抖的雙手拆開一個個箱子，展示給女兒看。箱裡裝的是登山背包、登山杖、頭燈和登山鞋等專業裝備。

「這……都是你買的嗎？」

「當然囉！這都是經過專家推薦的最好裝備。」杜逸民不忘提醒道：「對了，這事爸只告訴妳，千萬別跟妳媽說！不然，她又要唸我亂花錢了。」

「你買這些東西做什麼？」

杜逸民理直氣壯地說道：「大家不找妳姐姐沒關係，明天起，我自己到山上去找她。」

杜可馨聽到後的第一直覺是，她的父親瘋了嗎？當初動員那麼多人都找不到，就憑一個外行人，會有奇蹟發生嗎？

只見杜逸民口沫橫飛地解說著每一件裝備的用途，以及他之後的搜索計畫，比講課還激昂澎湃，完全沒注意到女兒的心早已冷了。

從頭到尾，杜逸民一句話也沒問起杜可馨甄選的表現怎麼樣，他的心思全飛到了遙遠的筆架山上。所以，杜可馨臨時改變主意，她決定隱瞞梁立芸提供的新情報。光是一座筆架山已經讓父親失控，天曉得他聽到姐姐手稿的事後，又會做出什麼荒唐事來？

然而，一旦將祕密壓在心底，就注定讓杜可馨的人生無法維持現有的平衡，除非，她能解開姐姐手稿的謎團。當它一點也不神祕的時候，這個線索將跟八卦新聞一樣不足為信。

——————

晚上，在市區的一所補習班裡，杜可馨坐在辦公桌前，面對堆積如山的工作，以及害她消化不良的那一盒冷便當，情緒瀕臨崩潰的邊緣。

今天並不是最忙碌的一天，可是，她這一整天累積下來的壞心情，在她的倒楣日排行榜上絕對排得進前三名。她好想好想馬上回家，趴在床上睡到天明，把這不愉快的一天忘得一乾二淨。

她抬頭望向時鐘，不禁嘆了一口氣，看來還沒到可以作夢的時間，今晚又得加班了，到底什麼時候才能脫離這種生活呢？低薪又超時工作的她，心裡很不平衡，憑什麼姐姐可以經常出國、遊山玩水，還能一個人住在外面，自己卻得忙得要死，存不了錢，還得繼續住在家裡。這跟家世無關，完全就是會讀書跟不會讀書的差異，決定了她們出社會以後的生活水平。

可惡，我不幹了！杜可馨雙手重重搥了一下電腦鍵盤，發出巨大的聲響，她大發脾氣的英姿，得不到觀眾的掌聲，辦公室裡的同事早就走光了，她只好摸了摸鍵盤，檢查沒有搥壞後，繼續打字。

就在這時，一個提著鹹酥雞的年輕男子走進辦公室來，香味隨著他的聲音一起傳了過來。

「可馨，我就知道妳還沒走，特地帶消夜來給妳吃。」

他是杜可馨補習班的同事，名叫李澤暄，一臉稚氣未脫的他，如果不說的話，大部分人都會以為他還是大學生，其實，他比杜可馨還大兩歲。在那些愛八卦的同事們眼中，他跟她被湊成了一對。

而實情呢？說來奇怪，她也不知道該如何解釋自己跟李澤暄的關係。

她剛進公司的時候，覺得李澤暄是一個很沒禮貌的臭小子，每次主動跟他打招呼都不回應，掉頭就走，他們就在沒說過半句話的狀態下，當了兩個月的同事。然後，突然有一天，李澤暄臉紅脖子粗地朝她跑過來，用質問的語氣說了第一句話。

「妳有男朋友嗎？」

「啊？」

杜可馨功課不好是一回事，倒也不是笨蛋，她謹慎面對這個問題，以為對方有什麼企圖，當場斷絕他的念頭，說道：「是沒有啦！但目前也不想要有。」

「我也是，我還不能交女朋友，想先跟妳說一聲。」

李澤暄說完，又匆匆閃人，讓杜可馨像個傻瓜一樣呆站在原地。

這場有點無厘頭的對談讓雙方發現一件事，原來，對方是個單純率直的人啊！從此以後，他們一下子就變得很熟了，反正，既然兩人不會成為男女朋友，杜可馨也很乾脆地顯露自己最真實的一面，像是大口吞下兩個便當、粗魯地對人大吼、翹著腳玩手機等等，把李澤暄當成了好哥兒們。

哪知道，突然有一天，李澤暄又跑來跟她說了新的宣言。

「我告訴妳，我的存款已經有五十萬了，等我存到一百萬的時候，我就會辭職創業，妳願意跟我一起走嗎？」

「啊？走去哪兒？」

「就是……一起走向未來人生的道路。」

「李澤暄，你這該不會是告白吧？」

「喔，是啊！如果妳硬要這麼說的話。」

結果，他還是想追她嘛！這個告白的過程足足鋪了快半年的梗，才讓杜可馨聽出來，她又好氣又好笑。

杜可馨不可能再扭轉形象，直接了當地說道：「抱歉，我可以拒絕嗎？」

「……沒關係，我也還沒達成目標，不過，等到我準備要走的那一天，我會再問妳一次。」

真是個死心眼的呆子，杜可馨也拿他沒辦法，但心裡倒是有那麼一點點感動了。

縱使被打槍，李澤暄還是對杜可馨很好。這一天，他明明可以下班，還是買了消夜來陪她，可是，此刻的杜可馨完全沒有跟他打情罵俏的心情。

「可馨……妳姐姐……還是沒找到嗎？」

這傢伙哪件事不問，偏偏問了讓她最煩的事。杜可馨索性裝作沒聽見，手指故意大力地敲打鍵盤。

李澤暄沒察覺到杜可馨的異狀，自顧自地從包包裡拿出一張Ａ４紙，上頭畫了一名相貌清秀的女子畫像，自豪地說道：「妳看，這是我幫妳姐姐畫的畫像，像不像呀？我可是畫了一整個禮拜才畫好呢！我們可以影印個幾百張、不、幾千張，貼在街上，說不定有人會提供線索。」

「我姐是人，又不是小狗！」杜可馨再也聽不下去，生氣地扯下李澤暄手中的畫像。「而且，你畫這個有什麼用？幹嘛不找我要一張我姐的照片就好了！」

「……我只是不想麻煩妳嘛！妳別生氣了。」李澤暄一臉委屈地道：「我可以體會妳的感受，我有三個姐姐，如果是我姐失蹤了，我也一定整天吃不好、睡不好，什麼都不想做……」

李澤暄說得愈多，杜可馨的心頭火就燒得愈旺，她當下對著這個不需要客套的好哥兒們，大聲制止道：「夠了！不要再說了！」

杜可馨一喊完就後悔了，她沒有道理對一個關心她的人這麼兇，可是，說出去的話是收不回來的，她只能在沉默中等待著尷尬的氣氛消散。

「對不起，我只是想幫忙而已。」李澤暄終於發現自己太多嘴了，話術不是他的強項，他改以行動表現對杜可馨的善意，說道：「這麼晚了，妳先回家吧！剩下的工作都交給我！」

「不用了，你可以讓我一個人靜靜嗎？」杜可馨遲疑了一下，掰出一個看似合理的藉口：「我姐失蹤的事，讓我的心情很不好，這陣子，你最好不要接近我，我是說真的。」

杜可馨不等李澤暄反應過來，立刻站起身來，硬是把他推出辦公室外，還鎖上了門，不讓他進來。雖然她現在很需要有人幫忙，可是她不想欠他，感情的事一旦牽扯不清，以後處理起來會很麻煩。

的確，李澤暄是很可愛，可是她不愛他。

她也愛看偶像劇，愛看言情小說，憧憬浪漫的愛情，可是，當有男人真的要追她，她就會莫名其妙地彆扭起來，本能抵抗對方的追求，李澤暄也沒有例外，跟過去那些追求她的男生遭到一樣的下場。

杜可馨走到落地窗邊，輕輕拉開窗簾，看見李澤暄落寞地走在冷清的街道上，她感到很慚愧，因為，她不僅傷了一個善良的好人，還消費了她生死未卜的姐姐。她怎麼可以這麼壞心呢！以前的她絕對不會這樣，現在的她，簡直快要變成一個討厭鬼了。

回到辦公桌前，杜可馨又看到了那張姐姐的畫像。憑心而論，李澤暄畫得頗為傳神，如果他也能夠為她畫一幅畫像，說不定，她會對他加分不少吧？偏偏他畫的是姐姐。

無論是她的父親、母親、李澤暄，甚至是那個出版社的編輯梁立芸，每個人都認真地在尋找姐姐，而她呢？她這個親妹妹，有為姐姐的失蹤盡過任何努力嗎？

幾天過去了，杜家表面上風平浪靜，秦若蘭對丈夫登山的計畫完全不知情。這一天明明是假日，杜逸民卻一早就說要去學校研究文獻。秦若蘭一點兒也沒懷疑，她照既定的行程前往廟裡，為杜可婕向神佛燒香祈福。在她的內心深處，已

默默接受了長女不在人間的事實。

趁著父母都不在家，杜可馨這才展開她的祕密行動。她打開了姐姐那間塵封已久的臥房，房間的陳列擺設都還維持原樣，只是多了好幾口大紙箱，裡面裝的是從杜可婕的租屋處搬回來的東西。那間公寓已經在三個月前退租，也就是說，杜可婕遺留下的私人物品全都在這裡了。

如果真的有姐姐的手稿，想必就在這堆東西裡頭。杜可馨捲起袖子，掀開每一口紙箱，眼光很快地掃過文具與馬克杯等雜物，焦點落在那台筆電上。當初，配合警方的調查，電子郵件與即時通訊中的紀錄已經再三檢查過內容，能查的線索也都查過了，所以，這次她要找的是小說文稿。

她開啟電源，瀏覽資料夾中的文字檔案。雖然據梁立芸之前的說法，那部小說是手寫稿，但作品既然被放上網路，表示也有電子檔才對。可惜，她只找到姐姐寫的旅行日誌，以及一些心情札記，沒發現任何疑似小說的檔案。

花費了一整個上午的時間，閱讀能力不佳的她，眼睛跟腦袋逐漸負荷不了文字的疲勞轟炸。她擱下筆電，先把紙箱全看過一遍，找不到筆記本或是紙類物品。接著，她又將目標轉移到臥房內的物品，長期在外頭租屋的姐姐，偶爾也會回家住個幾天。說不定，她會把手稿放在家裡。

她必須加快搜索的動作，再過不久，母親可能就會回來了，到時又要問東問西。於是，她振作精神，翻遍臥房的每一寸空間。就在她蹲下來查看床底時，發現了一個古早年代的喜餅鐵盒，盒身斑駁生鏽，可以肯定的是，裡頭裝的絕不是餅乾。

這個發現讓她一陣驚喜，她趕緊將鐵盒拖出來，一打開盒蓋，看到了一本本泛黃的繪本，封面畫著她熟悉的童話故事。

沒想到，姐姐還留著這些故事書。杜可馨的心頭有種莫名的感動，她那些洋娃娃與扮家家酒的玩具，老早就進了垃圾場，而姐姐卻捨不得丟掉這些為妹妹唸過無數次的故事書。

杜可馨拿起其中一本翻閱，書中原本不會唸的生字，現在早就會唸了。可是，她怎麼唸，都沒有姐姐唸得好聽。

從小，爸媽就比較疼姐姐，因為姐姐聰明懂事，不會讓爸媽擔心，也從不爭寵。長大以後，姐姐依然善解人意，而她卻像是個長不大的孩子，既不溫柔，又愛耍任性，坦白說，有點討人厭。她開始感覺到，爸媽變得比較喜歡姐姐。如今，姐姐失蹤了，爸媽著急的程度彷彿家裡只有這麼一個女兒，沒了姐姐就什麼都沒了。

其實，她一直在嫉妒姐姐，但姐姐根本沒想過要跟她爭，始終愛著妹妹。

忽然間，她好想念姐姐，好希望姐姐還活著。眼下唯一的線索就是那部手稿，目前暫無所獲，她必須再多問一點細節。於是，她拿出那張名片，立刻打電話給梁立芸。

對方接到來電，聲音聽起來既訝異又興奮：「杜小姐，妳找到稿子啦？」

「還沒有。我想請問一下，我姐寫的那部小說，到底是什麼故事？」

「那是關於一個愛看書的女孩跟一間書店的故事，因為還沒寫完，所以我知道的也不多。妳想看的話，我可以寄給妳。」

「好啊！那麻煩妳了。」杜可馨又問了一個她本人有點在意、卻看似無關緊要的問題：「還有一件事，妳知道我姐為什麼要用稿紙寫作嗎？」

從梁立芸陡然升高的語調，顯然是杜可馨問對了問題，她回答道：「是啊！連妳也這麼想，對吧？現在都什麼年代了，誰還在用筆寫作？我也問過她這個問題。她說，她這部作品的靈感，是在一個沒有電、非常安靜的地方誕生的。所以，她決定只用最原始的筆跟紙來創作它。」

大概就是杜可婕的這番話，才讓梁立芸推測出她正隱居在某處寫作吧。杜可馨想要再聽一次那個充滿希望的結論：「妳真的認為，我姐姐還活著嗎？」

「嗯……不過，這純粹只是我的直覺而已……」手機那一頭的聲音沉默了好幾秒，才又響起：「老實說，我也曾經想過當個作家，只是我沒什麼才華。但我很確定一件事，如果我跟可婕一樣，想出一部這麼棒的小說靈感，在我寫完以前，我絕對不要死掉！」

聽到梁立芸真實的心聲，讓杜可馨感同身受，頓時對她多了一分好感：「謝謝妳告訴我這麼多。我可以叫妳立芸嗎？以後，妳也叫我可馨就好，我們保持聯絡。下次，妳再發現網路上有我姐的作品，請務必通知我。」

掛上手機，杜可馨的思緒又掉進了撲朔迷離的迷霧中。抱持希望當然是件好事，可是，這個論點經得起檢驗嗎？如果姐姐沒死，為什麼不跟家人聯絡？又為什麼要把作品放上網路？姐姐到底想做什麼？

每個人都認為，這起失蹤是個意外，但如果不是意外呢？也許，姐姐是刻意不讓人找到她；也許，她在躲避什麼人？而這部作品，是她釋放出來的訊息？

當這個念頭湧現的一瞬間，杜可馨的身體在顫抖。她好像快要掌握到事件的脈絡，就在這時，外頭傳來大門的開啟聲，她的母親回來了。

杜可馨匆匆跑出臥房，不忘關上房門。她一走出客廳，只見秦若蘭一臉慌張焦急的神情，忙亂地上前拉住女兒。

「可馨……我們快去醫院。妳爸出事了！」

——

杜可馨與秦若蘭趕到醫院病房時，杜逸民正躺在病床上吊著點滴，意識還沒完全清醒。他是被人從筆架山救回來的，當時，他不慎摔落到山坡下昏了過去，剛好有路過的山友發現，才及時報警處理。

醫生向秦若蘭母女倆說明情況，杜逸民沒有生命危險，只有輕微的腦震盪，以及一點外傷，住院觀察一晚，沒太大問題就可以出院了。

秦若蘭一方面鬆了一口氣，另一方面，也對杜逸民瞞著她擅自行動感到不滿。她繃著一張臉，與杜可馨守在病床邊，一直等到杜逸民清醒過來。

杜逸民睜開眼睛，看到妻子與女兒，他的第一句話卻道：「……可婕找到了嗎？我……有點想不太起來。我到底有沒有找到她？」

「夠了！」秦若蘭再也受不了丈夫的囈語，脫口而出：「她死了，她不會回來了！」

妻子的話戳中了杜逸民心靈最深層的傷痛。他惱羞成怒，對著秦若蘭大吼：

「可婕沒有死！」

杜逸民一時激動，將點滴架整個扯倒下來，讓秦若蘭與杜可馨都嚇了一大跳。杜逸民自覺失態，怒氣頓消，只是喃喃自語，像在為自己的行為辯解：「她……會回來的，一定會的……」

秦若蘭不想跟丈夫爭論，她不發一語，靜靜地扶起點滴架，轉身走出病房，找醫護人員求助，留下杜可馨愣愣地站在原地，不知所措。

杜逸民想要起身，但虛弱的身體支撐不住，硬生生摔倒在地上。杜可馨趕緊上前關切，杜逸民卻一點都不覺得痛，嘴裡還在唸唸有詞：「可婕……妳到底在哪裡……爸找妳找得好辛苦……」

杜逸民沒留意到女兒就在旁邊，逕自哭了起來。失去昔日睿智的他，此刻像個困惑的孩子，被一道解不開的難題困住，渴望有人給他答案，能夠安撫他的悲痛。

看到這一幕，杜可馨忍不住眼眶泛紅，她走上前去，抱住父親，緊緊地握著他的雙手。忽然間，她腦海中又想起了姐姐說的那個故事。

於是，她望著這個滿腹經綸、卻連一本故事書也沒為女兒唸過的教授父親，收起原本的大嗓門，模仿起姐姐的聲音，就像姐姐跟她說故事一樣，輕聲細語地說道：「……爸，我在想，或許，姐姐哪兒也沒去。她那麼愛看書，說不定，她是走進了書本裡頭。在那裡有看不完的故事，她可以過得很幸福，很快樂……」

她感覺得到，父親的手不再發抖了，他閉上眼睛，安詳地進入睡眠中。那一瞬間，杜可馨得到全新的領悟。原來，姐姐編的這個故事一點都不恐怖，它很美麗，蘊藏著一股孤獨卻溫暖的力量。那個走進書裡的小女孩，想必是遇到了一個更美好的世界，所以才捨不得回家。

再度想起這個故事，對杜可馨來說，也是一個徵兆、一種暗示。包括梁立芸的出現、姐姐的手稿、舞團甄選失利和父親的登山意外，全都在對她傳達一個重要的使命——去把姐姐找回來。

這是一個無法逃避的任務，眼前一切的挫折與磨難，都是為了引導她走向這一條道路。父親的方法看來是失敗了，母親的情緒也還不穩定，唯一還保持理智與清醒的她，是找到姐姐、挽救杜家的最後希望。

就在不久之後，杜可馨將獨自展開一趟尋找姐姐的旅程。這時，她還不曉得，她會在一座偏遠的小鎮裡找到一間奇特的書店，而就在那兒，她遇見了一位從書裡走出來的男人。

第二章　從書裡走出來的男人

在這座小鎮的山丘上，有一棟日據時代遺留下來的和式建築，曾經是日本礦業公司老闆的別墅。由於時過境遷、人去樓空已經數十年，鎮上的人們都當它是一間荒廢斑駁的舊屋。老一輩的還依稀記得關於它的歷史，不過，隨著世代交替，鎮民對那棟屋子的印象逐漸出現了扭曲，開始有人謠傳那是一間鬼屋。

這間鬼屋到底住了什麼樣的鬼呢？基本上，跟其他地方的鬼屋差不多，不外乎是住在裡頭的人被殺、自殺，或是離奇死亡，然後，就化成飄蕩在屋裡的冤魂。但每個宣稱自己看過的人，其實都沒有真正看過。只有一件事是可以肯定的，那就是這棟屋子很久都沒有住過人了。這也就是阿比為什麼在想，如果有一天，他需要躲藏起來，不被任何人找到的時候，這棟屋子會是最好的地點。

而那一天，就是今天。

一早，阿比看似跟往常一樣，揹著書包、跨上腳踏車出發上學。從自家到他就讀的那所高中，車程約二十分鐘。不過，這一天，他就算騎得再快，也到不了學校，因為，他已經打定主意要翹課。

「劉比恩！明天讓我在學校遇到你，你就死定了！」這句恐嚇意圖明確的話，出自於臭龜的那張臭嘴巴。也許，有人會問，為什麼他不選今天，要選明天呢？因為，當臭龜昨天對著阿比嗆聲的同時，阿比已經拔腿跑離了臭龜五十公尺外。那一刻，阿比也很篤定，明天不翹課不行了！

阿比一點都不想惹臭龜跟他的那一幫嘍囉，也儘可能跟他們保持距離，在昨天以前，他們兩個人可以說是無冤無仇，之所以結下梁子的理由，其實倒也不難猜測，大概從小屁孩到蓋世英雄，都脫不了這個原因，那就是女人。

若以世俗的標準來評比一下阿比跟臭龜這兩個青少年，就相貌而言，他們半斤八兩，大概只有菜市場的歐巴桑會叫他們一聲帥哥，在這個項目上不分勝負。然而，一比較兩人的背景，瞬間就出現了極大的落差，臭龜的父親是當地有名的角頭，綽號黑龜，家中開設宮廟，有深厚的民間勢力，鎮民在路上遇到黑龜一家人都得敬畏三分。至於阿比呢？他家經營的是普通的小吃店，老爸唯一的本領就是炒菜，成天對客人哈腰鞠躬，笑臉迎人。

在學校裡，臭龜也承繼了父親的事業，儼然是一個校園小角頭，不好好讀書，整天到處「喬」事情。好笑的是，他本人居然還以正義使者自居，把霸凌同學的行為，宣揚成濟弱扶傾，讓阿比看了非常刺眼。

最後，引燃導火線的那一幕，是昨天放學的時候，阿比剛好路過走廊，看到臭龜正在騷擾隔壁班的一個女孩。

「黃貞宜，妳幹嘛不接我手機？」

「沒接到不行嗎？」

「我奪命連環叩打了十幾通，最好是都沒接到啦！」

黃貞宜被臭龜擋住了去路，兇巴巴地瞪了他一眼，反質問道：「你上禮拜六是不是跟一年級的學妹去看電影，你跟學妹很甜蜜了，不是嗎？還打給我做什麼？」

臭龜非但不感到愧疚，還一臉得意地解釋道：「有魅力的男人就是受歡迎啊！這我也沒辦法，就像我爸，他也是在外面養小三啊！可是，他還是說最愛我媽。齁，這有什麼大不了的啦！」

「我最討厭劈腿的人了，你走開！」

「妳吃什麼醋啊？走啦，我帶妳去約會，賠償妳就是了。」

「不要拉我！」

目睹黃貞宜被臭龜糾纏，周遭的同學完全視若無睹，阿比的胸前激起一股熱血，此刻不挺身而出，更待何時！

「喂！你這麼纏著女生，丟不丟臉啊！」

阿比自認的英雄救美，從臭龜的眼裡看起來，叫作多管閒事，惱怒的臭龜手一揮，底下的小嘍囉們全聚集過來，阿比感覺到危機逼近。

「劉比恩，你這白目，敢管我們的家務事。」

阿比眼角餘光掃向黃貞宜，她已經趁機脫身，一走了之。很顯然地，他不但沒能夠贏得美人心，反而把仇恨引到了自己身上。

阿比沉默不語，讓臭龜更加火大，一腳踢翻了走廊上的垃圾桶，發出巨大的聲響。一旁的同學們見狀，紛紛過來圍觀，這些人剛才明明還在裝死，現在卻滿心期待一場火爆刺激的單挑開打。

所以，阿比才不給這些鄉民看好戲的機會，他在臭龜還沒喊打以前，就先一步逃之夭夭。

「劉比恩！明天讓我在學校遇到你，你就死定了！」

聽到臭龜在後面娘娘腔的大吼，阿比不認為自己是個臨陣脫逃的膽小鬼，反正只要他沒有輸，臭龜也不能算是贏，前提是，他千萬不可以被抓到。

總歸一句話，阿比今天最好不要出現在學校。

雖然阿比騎在偏僻的鄉間小路上，但他彷彿聽見了遠在數里外響起的上課鐘聲。既然被記曠課已成定局，那就等晚上回去後，再想想要怎麼跟爸媽解釋吧。當然，他不會自爆跟臭龜的恩怨，那對一個男子漢來說，有失尊嚴。

此刻，阿比只想遠離人群，找一個絕對不會有人來吵他的地方，混過這屈辱的一天。於是，他加速騎上山丘，來到那間傳聞中鬧鬼的和式建築。

「說什麼有鬼？根本就是騙人的！」阿比才不相信這種鬼話。從他看到屋子的第一眼起，他就想進入裡頭冒險。他認為，這會是他平凡人生中的第一項成就。

阿比牽著腳踏車經過房屋的正門，沿著圍牆而行。他知道，自己不能把車子停在顯眼的路口，因此，繞了半圈來到後門附近，在隱蔽處停好車子後，便翻牆跳進後院裡。

整座院子雜草叢生，他大剌剌地一路踩過去，完全不需要跟小偷一樣鬼鬼祟祟，就這麼大膽地走向那扇緊閉的後門。就在這時，天空中的雲層緩緩地移動，耀眼的陽光直灑下來，在地上照出的不只有阿比的影子，還有另一道詭異的人影。

阿比嚇了一大跳，在他的四周明明空無一人，仔細一看，那道人影是直直地插在屋舍的斜長影子上。他兩眼盯著地面，雖然只要抬起頭，就可以確定那到底是什麼東西，可是，他忽然整個人背脊發涼，脖子像是打了石膏般的僵硬，連微微轉動都有困難。他感覺得到，那個人影正在看著他。

幸好，阿比的兩腳還沒軟掉。他用力吸了一口氣，往後跳了一大步，就在落地的那一瞬間，他一個急轉身奔向圍牆，顧不得姿勢狼狽，趕緊攀爬出牆，跨上腳踏車，以最快的速度逃離那棟屋子。

在他準備衝刺下山丘前，終於，忍不住回頭看了屋子一眼。果然，他目擊到一個站在屋頂上一動也不動的怪人。

——

受到驚嚇的阿比，雙腳在踏板上愈踩愈快，只顧著加速奔馳的他，逐漸控制不住方向，腳踏車蛇行在產業道路上。轉角突然衝出來一輛貨車，阿比勉強閃開，沒想到車輪太靠近路邊，不慎壓到一塊石頭，他頓時失去平衡，連人帶車脫離路面飛了出去，畫了一道醜陋的拋物線後，重重摔進了水田裡，泥水四濺，嚇得白鷺鷥慌忙逃竄。

不曉得昏過去多久，阿比悠悠醒轉，拖著疼痛的身體爬起身來，幸好只有手腳受了一點擦傷，倒是制服弄得髒兮兮的，回家肯定會被老媽唸一頓。

阿比牽起歪倒的腳踏車，車體沒有嚴重的損壞，除了鏈條脫落之外，他重新將車子扛上馬路，就在路邊自行修理起來。

修了老半天，好不容易才把腳踏車修好，阿比正要騎車上路，一腳剛跨上車子，忽然瞥見有人盯著他看，他轉頭與那人對望，對方穿著跟他一樣的學校制服，揹著書包的模樣擺明是個不良少年，長相有點眼熟，可是明明又不認識這人。

「劉比恩在這裡！我找到他了！」

那不良少年朝著田裡大叫一聲，阿比也順著他的視線看去，赫然瞧見臭龜與他的嘍囉們正在隨地小便，阿比這才認出那不良少年也是臭龜的同黨。

阿比正想趁臭龜那泡尿還沒撒完前，搶先一步騎車逃跑，豈料那個小嘍囉拉住了腳踏車把手，整個人卡在車輪前，硬是讓車子無法前進。機會稍縱即逝，臭龜一邊拉著褲頭拉鍊，一邊快步趕到阿比的面前，其他嘍囉們也迅速包圍阿比。這下子，他就算想棄車，也已經溜不掉了。

「劉比恩，你很行嘛！還會想到要翹課來躲我，你再躲啊！」

阿比好後悔，他心裡不斷在想，到底是在那間鬼屋被怪人抓到比較可怕，還是在這裡被臭龜活逮比較悲慘？經過反覆思索後，他還是寧可落在臭龜的手裡。

這傢伙沒什麼了不起的，他絕對不是什麼英雄，首先，正義的英雄身邊不會跟著嘍囉，如果要說的話，無權無勢的阿比，為了還不是自己馬子的女孩挺身而出，他還比較有資格稱得上是英雄。

「別擋我的路，我要回家。」阿比說出了最理直氣壯的一句話，他採取不主動挑釁的態度，期望臭龜能夠識趣讓開。但這念頭畢竟太過天真，如果連阿比這種「小咖」都搞不定，臭龜豈不是把老爸黑龜的臉丟光了。他不用親自動手，乾脆把雙手叉在胸前，對嘍囉們下達命令。

「這傢伙想回家耶！把他的褲子脫下來，我要讓他光著屁股走回去。」

小嘍囉們的動作十分俐落，這應該是他們慣用的整人手法，有的負責架住阿比，有的專門解皮帶，有的用力扯褲子，三兩下工夫，阿比這個英雄搖身一變，成了露鳥俠。

臭龜等人把阿比的褲子拖在地上，一行人揚長而去，還沿路將那條褲子遊街示眾，而可憐的阿比被丟在原地，飽嘗羞辱的滋味。

不幸的是，這時恰好是放學時間，學生們陸陸續續出現在路上，他們看到阿比的糗樣，含蓄一點的人就交頭接耳，暗自竊笑，沒禮貌的人直接笑出聲來，還不忘虧他幾句。阿比心一橫，就這麼一屁股騎上腳踏車，能騎多快就騎多快，他只想火速奔離現場。

這個爛透了的小鎮，他再也待不下去了，阿比好想就此騎到一個沒人的地方，要是這條路可以通往月球，他一定毫不猶豫地騎上去，可是，眼前的路只會通到人更多的地方，他想了一想，還是應該把回家穿褲子這件事列為第一優先。

阿比匆匆騎車回家。

他家是一棟三層樓的透天厝，一樓開了間傳統的小吃店，招牌寫著「老劉的店」。這個老劉既是阿比的爺爺，也是阿比的爸爸。這個綽號曾讓阿比產生莫大的危機意識，他幾乎百分之九十九肯定，自己將會是下一個老劉，但他不希望自己的未來跟這家店綁在一塊兒。

這世界真的很不公平，臭龜有家族的庇蔭，在本地呼風喚雨，而他卻是一個小吃店老闆的兒子，搞不好，他的兒子將來也會被臭龜的兒子欺負。

阿比無奈地從後門跑進家中，他的父母親正在店裡忙著炒菜，沒空注意兒子沒穿褲子在走廊溜鳥。他故作鎮定地往樓梯而去，忽然間，老爸的大嗓門從廚房傳了過來。

「阿比，你回來啦！快點換一換衣服，下來幫忙！」

阿比蹲在矮櫃前擋住下半身，以防家人突然現身，並草草地敷衍回應道：「好啦！等一下就來。」

確認爸媽沒探出頭來，阿比才跑上了二樓，把自己關進房間。

他鬆了一口氣，還好爸媽沒問起翹課的事，這一天，歷經了鬼屋驚魂、同儕霸凌，要是爸媽或師長知道他今天的遭遇，八成會來個機會教育，對他諄諄告誡道：「誰叫你要翹課！乖乖在學校上課不就沒事了嗎？」

阿比想強調自己沒有做錯，這一切衰事，一定是那間鬼屋的詛咒，不過，他又堅持自己看到的不是鬼，而是人。竟然有個怪人住在那裡，這件事比鬼故事更匪夷所思。

結果，阿比這個晚上根本睡不著覺，早上起床時，頭腦還昏昏沉沉的。臉色慘白的他引來老媽的關注，索性便說自己身體不舒服，用這個藉口向學校請了一天病假。這也算是因禍得福吧！畢竟，這陣子，他能夠不去學校最好！

於是，阿比又睡了個回籠覺，一睡就睡到了下午。他這才懶洋洋地從房間走下一樓，自動自發地從電鍋裡挖了一大碗白飯，再拿兩盤小菜，找個空位就吃了起來。

店裡的客人零零落落，基本上，都是本地的熟客，他們很愛吃老爸最拿手的鴨賞炒飯，他倒不覺得那有多好吃。不過，之前曾有美食部落客專程從台北跑來品嚐，還在網路上大力推薦。後來，每逢假日，來湊熱鬧的客人就變多了。這對阿比來說十分困擾，因為，他常常得犧牲假日，留在店裡幫忙，哪兒也不能去。

「遲早有一天，我會離開這個無趣的小鎮。」阿比喃喃自語。這句話，他一天總要講上好幾遍，這樣才能不斷堅定自己的信念。

店門口出現了一個壯碩的歐吉桑，大家都叫他豬肉強，這家店裡的豬肉都由他供貨，他跟阿比的老爸也是幾十年的老朋友。今天明明不是收帳款的日子，他卻興沖沖地跑來，跟老友分享一個八卦。

「老劉，上次，我不是說過，有個外地來的笨蛋買下了巷子裡那間沒人要的爛屋嗎？」

「對啊！怎麼樣？那個笨蛋搬進去住了嗎？」老劉一邊用圍裙猛擦雙手，一邊走出廚房。

豬肉強露出古怪的笑容：「搬是搬了，不過，搬的不是家具，而是一大堆書，還多到可以塞滿整間屋子呢！」

「啊？這傢伙買那麼多書幹嘛？」

「這就是最好笑的地方。」豬肉強哈哈笑了幾聲：「那個傢伙居然開了一間書店。」

老劉與豬肉強聊到一半，劉嬸也過來插嘴道：「真的假的？我們這裡從來沒有人開過書店。以前，只有阿明嬸開過文具店，可是，也早就收起來了。」

「連我們全台第一的鴨賞炒飯，平日也只有兩、三桌客人。有誰會去跟他買書？」

「是不是全台第一我不知道，至少，你的炒飯是現炒現做。」豬肉強搖搖頭道：「我剛剛路過的時候，偷瞄了一眼。那間店裡的書，看起來都舊舊髒髒的，怎麼可能賣得出去？」

這些流言都聽在阿比的耳裡。他跟這群大人們不同，八卦對他們是茶餘飯後的消遣，彼此傳來傳去，也都是些傳不出小鎮的小事。然而，阿比卻聽出了其中的不尋常之處。因為，一個正常人不可能跑到這個人口嚴重外移的小鎮，來開一間不可能會賺錢的書店。

在好奇心的驅使下，阿比想去看看那間書店究竟長什麼樣子，瞧瞧老闆到底是笨蛋還是天才。吃飽飯後，他不顧自己還在裝病，便偷溜出家門。

阿比家這一條街坊已經很久沒有出現新店面了，就連最近的一家便利商店，也在好幾條街之外。這一帶的居民彼此都很熟，一有什麼風吹草動傳得也很快，因此，巷弄裡的那家書店成了大家目前最熱門的話題。

今天是書店第一天開張，街頭巷尾都議論紛紛。阿比家隔壁賣水餃的娟婆婆也在跟投注站的阿勇閒聊。

「阿勇，你知道那間書店的老闆是哪裡人嗎？」

「我怎麼會知道？那家店突然就開了，我連老闆長得是圓還是扁也不曉得。」

「來我們這兒開店，也不先來跟鄰居打聲招呼，真是沒禮貌！」

「我看，這店撐不了多久，很快就會倒了吧！」

穿過水餃店與投注站，阿比走到巷口處，那間書店就在眼前，木頭招牌上寫著「閱樂」二個字，外觀看起來還是跟以前一樣老舊，只做了簡單的粉刷與補修。從門口望進去，店內的書架陳列著一排排不起眼的書本。它的確是一間書店沒錯，而且，賣的還不是漫畫書。真的會有客人上門嗎？

阿比站在店外好一陣子，遲遲沒有進門光顧，理由是店裡似乎一個人也沒有。沒有客人也就算了，怪的是連老闆也沒露臉。當然，以他的視角無法看到書店的每一個死角，老闆很有可能躲在書架或是柱子的後方。可是，問題又來了，好好一個老闆幹嘛要故意躲起來呢？

總之，阿比要再觀察一陣子，就在這時，他聽到後方傳來嘻鬧的人聲。他轉頭一看，有三名女學生走進巷口，原來，現在已經到了放學時間。阿比見到她們，就好比小偷撞到警察，他趕緊躲進旁邊的防火巷內。因為，在這群女學生之中，有一個讓他心跳加速的熟面孔，那就是黃貞宜。

昨天就是為了她，阿比與臭龜結下了梁子，但阿比一點兒也沒怪她，反倒認為很值得。誰教黃貞宜長得很漂亮呢！其實，以阿比的性格，就算對方只是一個不怎麼漂亮的女生，他還是會照樣見義勇為，只是，可能做得沒那麼起勁就是了。

黃貞宜並不是他的青梅竹馬，也不住在附近，更不曾來到這條街坊，而她的目的顯然也不是來找阿比，感謝他英雄救美之恩。藏身在暗處的阿比，眼睜睜地看著她與同學們從面前走過，停在那間書店的門口，開始議論紛紛。

「妳說的書店，就是這一間嗎？那個老闆真的有那麼帥？」

「嗯，前幾天還在裝修的時候，我有偷看到他。沒騙妳們，長得超帥的！」

「哪一種帥呀?長得像哪個偶像明星嗎?」

「呃……我想想看。如果要我說的話,他大概就是從言情小說裡走出來的男主角吧!」

「我倒是很喜歡這間書店的風格,老闆一定是個很愛書的人。走,我們快點進去瞧瞧吧!」黃貞宜做出了最後的結論。

親耳從她的口中聽到這句話,讓阿比的心裡不免酸溜溜的。沒想到,英勇對抗臭龜的他,魅力竟然比不過這間舊書店的老闆。

於是,黃貞宜與女同學走進了書店,而就在那一剎那,阿比的腦海中突然靈光一閃,有如推理小說裡的名偵探一樣,解開了父母與鄰居們百思不得其解的謎題。為什麼會有人在這種沒人愛的小鎮裡,開這間沒生意的書店呢?莫非,就是為了吸引這些年輕貌美的女生們?這就是老闆的陰謀嗎?

阿比一想到這兒,胸前就湧現了一股熱血。他不能再躲下去!他必須去警告黃貞宜。但是,當他衝入書店還不到一秒鐘,就被嚇得臉色發白,狼狽地逃出了書店。

因為,阿比一進門,就撞見了那位書店老闆,而對方正是站在鬼屋屋頂上的那個怪人。

……那個女孩對媽媽只留下一點點模糊的記憶，她每次問爸爸說，媽媽去了哪兒？爸爸都會帶她到城市裡每家不同的書店，並告訴她說，媽媽最愛看書，也最愛逛書店，只要妳跟媽媽一樣愛看書，也許有一天，妳能夠在書店遇見媽媽……

雖然那個女孩一直沒有遇到媽媽，卻愛上了書店，愛上了看書，儘管待在沒有媽媽的書店裡，總會讓她有一點點哀傷的感覺……

在搖搖晃晃的車廂裡，杜可馨讀著姐姐這篇未完成的手稿，心裡浮現一股懸念，而火車也到達宜蘭車站了。

杜可馨是在閱樂書店開張後一個月，才抵達這座位於宜蘭的小鎮。那時候，她還沒認識阿比這個小屁孩，也沒預料到，自己日後會住在這裡一段很長的時間。一開始，她所規劃的都只是短期旅程，名義上是休閒旅遊，骨子裡則在進行尋找失蹤姐姐的行動。

從一個人書寫的文字裡，其實可以瞭解作者很多事情。杜可馨在反覆閱讀姐姐的文章後，慢慢地有了這樣的體悟。過去，她並不太關心姐姐的內心世界，對她的記憶，總還停留在童年的印象裡。現在，該是重新認識姐姐的時候了。

杜可婕是一個跟不上時代潮流的人，她不玩手機，不上社群網站，所以，也從不打卡。想要追查她的行蹤，全得靠她寫的旅遊日誌。這些文章先經過杜可馨的刪去法，排除掉國外旅遊的部分，接著，就是依時間來篩選。她發現，近期的幾篇文章中都提到了「宜蘭火車站」、「蘭陽溪」等關鍵字。杜可馨隨即聯想到，姐姐曾對梁立芸說過，她人在一個遠離大城市的地方。這些線索全串連在一塊兒，杜可馨的目的地就在台灣地圖上浮現了。

搭乘火車抵達宜蘭很容易，可是，走完了第一步，下一步又該何去何從呢？杜可馨也只能傻傻地跟著旅遊書上推薦的景點，按圖索驥走完。每走到一處鄉鎮，她就拿著姐姐的照片，詢問當地的店家，是否曾見過姐姐的蹤影。

可惜，這種大海撈針式的找法，根本是徒勞無功。

想跟隨姐姐的足跡，就得更接近姐姐的思維。杜可馨想通了這個道理，她收起了旅遊書，專走觀光客不走的小路，去遊覽車不停的地方。愈走愈遠，連她自己都不曉得走到了哪裡，然後，她走到了這座位於山丘旁的小鎮。

站在通往鎮上唯一聯外道路的中央，她看到了一幅宛如風景明信片般的美景，金黃色的稻田包圍著這座與世無爭的小鎮。她想也不想，就被吸引著往那裡走去。

穿梭在充滿懷舊風情的巷弄間，明明是全然陌生的環境，杜可馨卻毫不猶豫地深入其中，像是有一股看不見的力量在緩緩拉動著她的雙腳。她自己也意識到了這種不尋常的感覺，但她選擇相信它，希望它會帶領自己到她最想去的地方。

當杜可馨來到「閱樂書店」的門口時，她內心的驚喜是無法言喻的。她腦海中立刻閃過姐姐手稿裡提到的「書店」，儘管她之前在宜蘭已經逛過許多家書店，全都一無所獲，可是，她覺得這間店不一樣，是它召喚著她一路來到了門前。

她直接走進店內，空間稱不上寬敞，復古的裝潢與擺設增添了書香氣息。掃過層層的書架，上頭的書本與其說是商品，倒不如說是收藏品，彷彿這裡是一位文學大師的書房。

然而，店裡一個人也沒有。她整個屋子繞了一圈，甚至喊了老闆幾聲，都得不到任何回應。更奇怪的是，放在茶几上的熱咖啡還冒著白煙，後門上的油漆只刷了一半，刷子還擱在油漆桶上。這表示，不久以前，還有人在店內。

來到櫃台前，她從名片盒裡挖出一張名片，上頭寫著「閱樂書店　楊墨成」。他應該就是這家店的老闆吧？底下還有一行字寫著「高價收購二手書」。原來，這是一家二手書店，難怪這些書本看起來舊舊的。

很快地，她又有了新的發現。書架上有一本書沒放好，在那一排書的中間凸了出來。她本能就上前將書取下一看，那本書是楊牧的詩集。

她的心頭一震。這會是巧合嗎？在姐姐的文章裡，曾經引用過楊牧的詩句。她拿出手機，查閱儲存在裡頭的稿子，找出那一篇後，她一邊看著手機螢幕，一邊翻閱詩集，對照著兩邊的內容，唸了起來：

有生命比陽光還亮，比白雪
清潔，比風雷勇敢。這一切
北極星是這一切的見證
無論從哪一個方向觀察
凜凜巍峨，喜悅，堅強

快速還勝過海鷗鼓盪的

翅膀，飛越漂流的冰山

（楊牧．〈海岸七疊〉）

杜可馨唸詩的聲音在無人的書店裡迴盪，可是，她唸了半天，這間店的老闆還是沒有出現。

———

夕陽斜照在杜可馨的歸路上，她踩著長長的影子走出小鎮，胸口的一股悶氣始終無法抒解。她有點後悔，為什麼不再繼續等下去呢？只因為時間太晚了，她害怕走夜路嗎？還是擔心萬一錯過了公車，會被迫露宿街頭？她不是無論如何都要找到姐姐嗎？怎麼還想東想西的？一點決心都沒有！

「不行，我要再回去等等看！有人開店，總得有人關店吧！」杜可馨驟然停下腳步，對自己喊話。

話一說完，杜可馨迅速地轉身，掉頭跑回小鎮的方向，直奔向巷弄裡的閱樂書店。她的判斷是正確的，當她一跑到門口的不遠處，便赫然看到店裡頭有人影閃過。她的精神為之一振，第二度進入店內。

怪事又發生了。方才明明看見裡頭有人，怎麼一進來人就不見了？這顯然超越了杜可馨的理解範圍之外，也讓她的腦袋滋生出一個天馬行空的念頭。

該在這裡的人不見了，只有滿屋子的書，難道說，人真的能夠跑進書裡頭？如果是的話，這裡就是她要找的書店，一個可以從現實世界穿越到書中世界的入口，而她的姐姐就藏在那裡頭。

荒誕的想法占據了杜可馨的大腦，她突然做出了意想不到的舉動，將自己的頭瞄準放著《楊牧詩集》的那排書架，傻傻地撞了上去。

「好痛！」杜可馨硬生生地撞上書櫃，那只櫃子被她撞得搖搖晃晃，隨即便失去重心倒了下來。眼看就要砸到她，就在這時，一隻手伸了過來，擋住了倒下的書櫃。

杜可馨一邊摸著腫脹的額頭，一邊抬起頭來，只見一名相貌俊秀、膚色蒼白的男子站在她的面前。一看到他，她的心倏地跳了一下。為什麼會有這個反應？她一時還沒意會過來，一直要等到今晚就寢睡覺以前，她才會想通。

「我的書又沒得罪妳，為什麼要拿頭去撞它們？」蒼白男子質問道。

杜可馨愣愣地說道：「喔，我以為這樣做，可以進入書裡頭。」她的話才一說出口就後悔了，這不但沒有科學根據，還很幼稚。

「妳想進到書裡頭？」

看吧！人家把妳當成神經病了。杜可馨的臉紅得發燙，她現在不太想進入書中，倒是好想找個地洞鑽進去。

沒想到，那個蒼白男子居然認真地回答道：「我可以教妳更好的方法。」

「真的嗎？你真的做得到？」杜可馨不再那麼天真，她半信半疑地說道。

「很簡單！選在夜深人靜的時刻，找個不會受到任何人打擾的空間，拿穩妳想看的書，打開它，心無旁騖地閱讀它，妳就能進入書中的世界。」

原來是在教她怎麼讀書呀！

杜可馨有種被潑冷水的感覺，她亮出之前拿的名片，問道：「所以，你就是老闆嗎？」

「歡迎光臨。妳是想聽到我說這句話嗎？」從蒼白男子的回答，可以研判他應該就是楊墨成。「不過，通常我只會說，請隨便看看。」

楊墨成隨性的態度似乎不適合當一個會賺錢的老闆。杜可馨東張西望地詢問：「我第一次來逛二手書店。真的有人會來買舊書嗎？」

「妳以為，只要內容相同，每本書都是一樣的，只有新跟舊的區別。其實，每一本書都有它的生命跟歷史，對妳也許像垃圾，但對某些人來說，卻是價值連城。」

「我不常看書，不太懂它們的價值。」杜可馨不好意思說自己根本不看書，她看的上一本書到底是哪一本，應該已經不可考了。

楊墨成微微一笑，轉過身去，準備走到櫃台。就在這時，杜可馨想起了她的例行公事，亮出手機上姐姐的照片，問道：「老闆，我正在找一個人。我想請問你，有沒有看到她來過書店？」

楊墨成並沒有馬上回過頭來，他的表情怎麼樣，杜可馨無從得知。約莫過了幾秒鐘，他才轉頭，輕輕地瞄了一眼手機。

「……沒看過。」

像這樣的回答，杜可馨聽過太多次，答案並不令人意外。但由於她對這間書店的印象太過鮮明強烈，多少還是抱持著一絲希望。結果，依然沒有奇蹟出現，她難免有些失落。

「照片上的人，是我姐姐，她叫作杜可婕，已經失蹤一年多了，我們家人都很擔心她。」杜可馨又重複了一次不知道說過幾十次的制式台詞。「老闆，如果你看到她，請跟我聯絡，我把我的手機留給你。」

「嗯，我會留意看看。」

在人家的店裡搞了這麼久，又問了一堆有的沒的，她覺得很不好意思，便拿起那本《楊牧詩集》，走到櫃台前打算結帳。

「那個……我買這本。多少錢？」

先前還侃侃而談的楊墨成，態度忽然間轉為冷淡。

「我不賣。」

「為什麼？」

「因為，妳並不是真的想買。」

既然被說中，那不買也沒關係了。杜可馨問完該問的事，也沒有理由再繼續待在店裡，索性便打道回府。

杜可馨勉強搭上最後一班公車，等她回到市區時，夜已深沉，沿路的商家早已打烊。她餓著肚子走進旅館，煮了一碗泡麵果腹。

肚子是飽了，心裡卻一陣空虛。杜可馨終於有時間整理自己的思緒，然而，她腦子裡想得最多的，卻是那個閱樂書店的老闆楊墨成，以及見到他時那股莫名的悸動。她對這個人有種說不出的感覺，只是，不曉得到底哪裡不對勁？

楊墨成是長得很帥沒錯，但她可不是還在讀高中的小女生。雖然那傢伙的斯文書生外表，完全就是高中女生會迷戀的類型，可偏偏就不是她的菜。所以，這也絕對不是什麼一見鍾情。畢竟，又不是在演偶像劇。

本身資質已經不夠聰明了，加上又累了一整天，她實在沒辦法思考太多複雜的事情，不如先去洗個澡，好好睡一覺再說。

打開蓮蓬頭，等待水溫慢慢變熱，她先脫下上衣。結果，一個不小心勾斷了脖子上的項鍊，應聲掉落在浴室的地板上。一看到鍊子上的「樂」字，她整個人瞬間像被閃電擊中一樣，忽然大叫了起來。

「啊！我想起來了！」

顧不得光著身體，她跑回房間，用手機連上網路，查看自己相簿裡的派對照片。可是，一直找不到她想找的那個人。他明明就在派對現場，為什麼沒有拍到他呢？如果她記得沒錯，那個人的臉孔就長得跟楊墨成一模一樣。

第三章 似曾相識的你

從模糊的記憶裡，慢慢挖掘出被遺忘的片段，時空的畫筆，逐漸勾勒出那個情境……而要找尋的關鍵線索，就在那一場充滿驚喜的生日派對之中。

杜可馨彷彿被拉回到兩年多前的那一天，她正被幾個愛玩的姐妹淘蒙上眼睛，她們用嬉鬧的口吻，語出威脅地挾持著她，一行人大剌剌地走在捷運的地下街道，完全不顧旁人的異樣眼光。

「喂，妳們要帶我去哪裡啦？」

「吼，妳現在被我們綁架，要乖乖配合演出喔！」

「對啊，哪有人質說話那麼大聲的？」

杜可馨露出微笑，她當然知道今天是什麼日子，也知道這群從國中就認識的姐妹淘絕不會害她。於是，她懷著愉悅的心情，甘心被她們綁架，期待著等一下即將降臨在她身上的驚喜。

她心想，現在，我要當一個全世界最快樂的人質。

走了好長一段路，當眼罩終於被人掀開，眼前的場景已然轉換到一間陌生的小酒吧，四周響起了生日快樂歌，一大群人緊緊圍繞在她的身旁，這時，一個穿著大熊裝的吉祥物現身，用餐車推出了高達三層的大蛋糕。

「可馨，生日快樂！」姐妹淘們齊聲祝賀道。

「謝謝，雖然我早就知道了。」杜可馨是個很容易感動的人，她的眼眶紅紅的，差點就要掉下淚來，幸好，她忍住了。

杜可馨環顧四周，酒吧裡的人有她熟悉的朋友與同事，卻也有不少陌生人，但很明顯的，在場所有人都是為了慶生而來，表示籌備的人不但用心，而且還是大手筆。

「你們把整個場子都包下來啦！會不會太不惜成本了？是誰主辦的呀？」

「不是我們，是他。」

姐妹淘指指那隻吉祥物，他笨拙地摘下頭套，露出了真面目，原來是李澤暄，真是一點都不意外呀！杜可馨苦笑著。

「妳開心就好，可馨。」李澤暄一臉靦腆的表情，補充說明道：「其實妳的姐妹淘們也幫了很多忙喔！對了，還有一個幕後的大功臣，就是妳姐姐。這個場地就是她推薦的，老闆因為她的關係，完全免費贊助喔！」

「真的嗎？」杜可馨一邊說，一邊在人群中搜尋姐姐的蹤影。「……可是，我姐呢？她沒來嗎？」

「她的班機延誤了，不確定能不能趕到，她說不用等她了。」

杜可馨點點頭，於是，在眾人的鼓掌聲中，她對著那座蛋糕巨塔，一口氣吹熄了蠟燭。等吹完了，才發現糊里糊塗的她竟忘了許願。

如果，她可以未卜先知；如果，生日許下的願望能夠成真；如果，時光能夠倒流，她在那個時候，一定要許下讓姐姐平安歸來的願望。如今回想起來，姐姐當天沒能夠出席生日派對，似乎也是一個不祥的預兆。

當然，現在才想這些都已經太晚了。

身為壽星的她，當時完全沉浸在歡樂溫馨的氣氛中，一一拆封生日禮物，開心地接受大家的祝福。每一個經過她身邊的朋友，不管認不認識，她都會豪邁地舉杯，跟對方好好暢飲一番，就算是陌生人也馬上成了朋友。

唯獨那個斜靠在吧台的神祕男子例外。

這位神祕男子身形高瘦，有一雙修長筆直的腿，他低調地窩在角落的陰影裡，看不太清楚他的相貌，旁邊沒有人找他喝酒或聊天，他默默地舉著手中的一杯紅酒，卻連一口也沒喝，宛如拿在手上的是一件藝術品。

杜可馨之所以會注意到他，是因為她是這場派對的主角，基於禮貌，不希望有賓客受到冷落，她一見到這人孤單的身影，就本能地倒了一杯酒，朝吧台走了過去，主動跟他打了聲招呼。

「嗨！」

杜可馨不太瞭解要怎麼跟人搭訕，索性用了這句簡短的開場白，對方若是一個不健談的宅男，只要回答一聲「嗨」，然後兩個人互相碰一下酒杯，也算是表達過彼此的友善。不過，事後她才發現，其實被搭訕的人反而是她。

那神祕男子的回應比想像中還冷淡，連一個字也不肯說，他抬起頭來，剛好讓壁燈照亮他的容貌，那是一張令人心跳加速的俊美臉龐，讓杜可馨愣了好一會兒，才想到下一句該說什麼。

「那個……謝謝你來參加我的生日Party！」

神祕男子依然不說話，表情比杜可馨杯子裡的冰塊還冷，她只好微微揚起酒杯，朝他敬酒，但這人還是不領情，她自認已經仁至義盡，正要轉身走開，就在這時，他終於開口了。

「Happy Birthday！」

杜可馨看向神祕男子，恰好與他四目交會，這一次他一改冷漠，露出一個迷人的微笑，讓她臉上一紅，有點不知所措。

神祕男子的反應教人無法捉摸，他隨即展開預謀已久的行動，先是放下手中酒杯，接著，從口袋裡拿出了一個粉紅色的小禮盒，盒子上面還打了一個可愛的蝴蝶結，他將小禮盒遞給了杜可馨。

「妳還少拿了這份禮物。」

杜可馨打開盒子一看，是一條刻字的項鍊墜子，上頭寫著「樂」。這條項鍊雕刻精緻，材質高貴，這份禮物想必不便宜。她猶疑了一會兒，沒有直接收下，還問了一個很蠢的問題：「這是……給我的？」

其實，她心中真正想問的是：「我們有這麼熟嗎？需要送到這麼貴的禮物？」只是，就這麼直白說出口，似乎太沒禮貌了。

「不然呢？這裡只有妳一個壽星吧？」

沒有反駁的理由，也沒有拒收的藉口，她就這樣傻傻地收下了這份來自一個神祕男子的貴重禮物。

「請問一下，我們應該沒見過吧？你是誰的朋友呢？」

「我是誰，很重要嗎？」

當然重要！比起禮物本身，杜可馨更在意眼前的神祕男子是誰，但對方似乎不想告訴她，他的社交狀態又切換到冷漠模式。杜可馨拿他沒轍，不一會兒，她又被姐妹淘們拉去玩真心話大冒險了。

然而，原本一整晚的好心情，全被這個來路不明的神祕男子給打亂了，害她無法專心享受這場專屬於自己的派對，玩遊戲時也心不在焉。她不斷在腦海裡搜尋關於那個神祕男子的身分，懷疑他們之前可能見過面，只是她忘了他，他才故意這麼整她，可是想了又想，實在是對他沒有絲毫印象。她幾乎肯定，她並不認識這個男人，而且在場也沒有人認識他。

既然這樣，這個神祕男子到底是誰邀請來的？他怎麼知道生日派對的地點？如果是臨時湊熱鬧混進來的無聊男子，又怎麼會準備好她的生日禮物呢？

種種疑點困擾著杜可馨，她想再去找對方詢問，卻一直被李澤暄與姐妹淘拉住，抽不了身，直到派對結束後，眾人紛紛散場離去，酒吧內變得空蕩蕩的，杜可馨看不到那神祕男子，心裡難掩失落。

剛揮別姐妹淘，杜可馨就接到姐姐傳來的訊息，她人已經下飛機，既然趕不及參加派對，她便跟妹妹約在自己住的公寓。由於離此地不遠，於是，杜可馨推辭了李澤暄載她回家的好意，一個人徒步在深夜冷清的街頭，她不覺得害怕，倒是有點寂寞。

然後，她又看到了那個神祕男子。

杜可馨的心怦然跳了一下，難道，他是在這兒等她嗎？這個自作多情的念頭，驅使她主動走向他，這是第二度跟他搭訕，她改採取稍具挑釁意味的做法，拿出了他所饋贈的禮物，退還給他。

「謝謝你的好意，但我跟你沒那麼熟，不能收這麼貴重的禮物。」

「我的禮物是拒絕退貨的。」神祕男子說話的態度很不親切，換作一般人，定會對他的印象打下負評，杜可馨卻不以為意，反而要是他太過熱情，會讓她退避三舍。

「那給我個理由，讓我可以安心收下來。」

「不然妳也給我一個禮物，就當作我們交換禮物。」

這真是個好提議，杜可馨立刻在手中的袋子裡翻找，試著找出一個可以轉送給神祕男子的禮物，可是裡頭都是一些女生的衣服、配飾、保養品等等，都不適合送給他，翻了好一會兒，終於找到一本電影票券。

杜可馨將電影票券亮了出來，說道：「我知道這個價值比不上那條項鍊，不過，我想你吃點虧應該沒關係吧！」

神祕男子幾乎是想也沒想，本能地說出了令人困擾的回應：「要是妳陪我一起去看，我就不吃虧了。」

杜可馨一愣，這是在約她去看電影嗎？這種問法，讓她沒有拒絕的空間。

「喔，也可以呀！那要約什麼時候？」

「明天傍晚，我們就約在這兒碰面，至於電影票，先放在妳那兒吧！」神祕男子丟下了這個朦朦朧朧的約定，連那一份臨時的禮物也沒拿，隨即轉身走遠，身影在黑暗中逐漸隱沒。

杜可馨很納悶，他這麼有把握她一定會赴約嗎？他們彼此又沒有互換手機，如果她不來，他也拿她沒辦法。話雖如此，在她的心裡，已經有百分之九十的機率會赴約。

打從這個神祕男子現身開始，就不斷滋生愈來愈多的疑問，快要塞滿她不太靈光的腦袋。幸好，沒多久，這一堆謎團在他的身分揭曉後，全數獲得合理的解答，這個破案的名偵探不是杜可馨，是她的姐姐杜可婕。

解謎的地點，就在杜可婕的公寓裡頭。十五分鐘後，杜可馨坐在客廳，替甫歸國的姐姐接風，姐妹倆會面後，杜可婕連衣服都還沒換，先為自己錯過妹妹的生日派對表達歉意。

「對不起，我已經很努力趕過來了，結果還是來不及到場。」

「沒關係啦！反正每年都有生日嘛！又不差這一次，而且也不是特別值得慶祝的年紀。」

「是嗎？那麼，姐姐就給妳一個特別的理由，怎麼樣？」杜可婕語帶玄機地道：「其實，我偷偷派了一個神祕嘉賓代表我出席喔！不曉得妳有沒有發現他呢？」

「神祕嘉賓？」杜可馨的心頭猛然一震，她直覺聯想到派對上的那個陌生男子。「啊！是他啊！」

「妳怎麼這麼驚訝？看來，你們不但碰面了，他還做了什麼讓妳驚訝的事。」

「姐，妳認識他？他是誰呀？」

杜可婕歪著頭，想了一想，說道：「本來在想要怎麼好好介紹他，不過也不曉得該怎麼說，算了，我就直接說好了，他是我男朋友。」

杜可馨一聽，整個人都呆住了，腦子空白幾秒鐘後，才放出大嗓門問道：「姐，妳什麼時候交男朋友了？我們怎麼都不知道！」

「因為，我們也才在一起沒多久，而且我又不住家裡，特地跑去告訴你們這件事，不覺得怪怪的嗎？」

「也對啦！你們是在哪裡認識的呀？」杜可馨一邊追問八卦，一邊不忘損一下那名神祕男子。「姐，妳不像會跟那種男人有什麼交集。」

杜可婕不以為意，她試著說明：「嗯……該怎麼說呢？我跟他，是在醫院認識的。」

「醫院？」杜可馨還以為答案會是在酒會或是ＰＵＢ等地方，完全沒料到這個答案。「所以，他是醫生囉？」

「好像是，又好像不是。」

「怎麼連妳自己都搞不清楚呀？」

姐姐講別人的故事一向都很精彩，偏偏講自己的事老是打啞謎似的，讓人有聽沒有懂。

杜可馨並沒有再追問下去，理由很簡單，對她而言，在得知神祕男子身分的那一刻，那些謎團也同時喪失了某種吸引力，讓她頓覺意興闌珊。另一方面，她對姐姐這位男友也有點不滿，他雖然長得很帥，但肯定是個很花心的男人。要不然，為什麼他不表明自己的身分，還一副很擅長跟女孩子搭訕的模樣。

這麼說似乎不太公道，杜可馨批判對方花心，可是，明明主動搭訕人家的是她自己呀？也許，她是生氣對方故意欺瞞她，也許，這是帥哥的原罪，像這種人就不值得被信賴吧？

「我真好奇，他到底做了什麼事，讓妳一臉苦惱的樣子？」

杜可馨沉默了，她猶豫要不要跟姐姐說，想了又想，內心陷入交戰。杜可婕瞧見妹妹如此傷腦筋，她看了挺捨不得的，便想要逗妹妹開心一下，於是，她露出溫柔的微笑，從包包中掏出了一份包好的禮物，雙手遞到妹妹的面前。

「別想那麼多了，吶，這是給妳的禮物，姐姐可沒忘記喔！」

杜可馨接過這遲來的生日禮物，一點兒期待感都沒有，她光看包裝，就猜到裡頭會是什麼了，那應該是一本書沒錯。

果然，她一拆開包裝，就看到一本令她完全不感興趣的詩集，出自一位她從沒聽過的詩人所著。收到這樣的禮物，她也只能苦笑以對，因為，每年姐姐都只會送一樣的東西，那就是「書」。不是純文學小說，就是散文詩集，誠意跟用心很教人感動，但就創意跟新意來說，等於是零分。

尤其是送給一個根本不愛看書的壽星。

說句心裡話，她根本就不喜歡，別說是讀過，那些書她連翻都很少翻過，它們如今全都排成一列，躺在房間的書架上養灰塵呢！

相反地，此刻放在她包包的那條項鍊，她收到的當下，就有股迫不及待想戴上的衝動。不過，她的心情忽然變得很複雜，之前本來是神祕男子的曖昧禮物，現在成了姐姐男友的祝福賀禮，搞不好，那還是姐姐委託他代送的呢！一想到這兒，她就更悶了。

不對，她轉念一想，姐姐的禮物明明就是這本書，換句話說，那條項鍊的確是他自己要送的。可是，那又如何？她又在高興什麼？姐姐的男友對她好，為什麼會讓她有點得意？

慢著，那場電影之約該怎麼辦呢？還算數嗎？杜可馨認為，既然答應了就要履行承諾，反正，他是姐姐的男朋友，應該更沒關係吧？只是，要不要跟姐姐知會一聲呢？

「姐，妳不是剛回來，妳男友不過來看妳呀？」杜可馨試探問道。

「我跟他說累了，想早點休息，要他先回去。」

由於夜已深，杜可婕便留妹妹在家過夜，而掩不住疲憊的她，自己倒在沙發先睡著了，杜可馨也沒機會把電影約會的事情說出口。

隔天，杜可馨決定去赴約。

這是她的人生中做過最愚蠢的事情之一。

她拿著那本電影票站在路口，心裡忐忑不安。她極力說服自己，以前不也有過類似的經驗嗎？她跟姐姐的前男友、那個義大利男孩在一起時，兩個人玩得更瘋，高空跳水都沒在怕。可是，游泳跟看電影不一樣吧？看電影是情侶約會才會做的事。

她覺得不太對勁，想一走了之，又擔心對方來了卻看不到她，結果來來回回好幾趟，才發現她的擔心根本是多餘的。

因為，她傻傻地空等了一個下午，姐姐的男友都沒有出現。

她緊捏著那本電影票，它象徵了她對他的好感，以及一段正要萌芽的友誼，沒想到，全都是她自作多情。

所以，她把票撕掉了，彷彿也撕掉了她的記憶。

她沒有告訴姐姐這事，連她自己也刻意遺忘。或許有一種可能，那個男人告訴姐姐這次約會，而姐姐不允許他來，只是她沒有跟姐姐求證過這事。她當時是很氣憤的，也十分不諒解他的失約，不明白姐姐為什麼要跟這種爛男人在一起？

久而久之，杜可馨就不再去想這件事了，對姐姐男友的長相也愈來愈模糊。最後，對這個男人只留下一個糟糕的印象，跟一個解不開的心結。

那年的生日派對，是杜可馨唯一見過他的一次，甚至連他的名字都不知道，所以，當她看到楊墨成一副文青的打扮時，她還沒有馬上認出來，這人跟姐姐男友的長相極為神似。

況且，姐姐失蹤以後，這個正牌男友始終保持低調，竟然沒有現身關心，也沒有來慰問她的家人，讓他們幾乎忘了有他的存在。

——

從記憶中返回現實，杜可馨人已經又來到閱樂書店。她盯著那位書店老闆許久，那種似曾相識的感覺打從心底湧起，那種想破頭的經驗像是被喚起似的，她突然想起來了。

是那個人！

對，那人應該是姐姐的男友沒錯！只是，他怎麼會待在宜蘭這間破書店裡呢？

更重要的是，他跟姐姐的失蹤是不是脫不了關係？

「喂！你昨天為什麼裝作不認識我？」

楊墨成一臉納悶，杜可馨見他沒有回應，劈頭質問道：「我姐人呢？你知道她在哪裡對吧？」

「妳是不是認錯人了？我的確不認識妳，更不認識妳姐姐。」

「你也不認得這條項鍊嗎？」杜可馨舉起手中的項鍊，說道：「那是你送給我的。」

「現在，我肯定妳是認錯人了。妳再看仔細一點，我真的是妳說的那個人嗎？」

楊墨成信誓旦旦地指著臉孔，使得杜可馨不禁懷疑起自己的判斷，畢竟，她只見過他一次面，又是在兩年多前，再加上當時又是夜晚，實在無法百分之百確定這個人就是姐姐的男友。

「所以，你也不認識我姐，更不是她的男朋友囉？」

「我單身很久了，哪來的女朋友？我這人只會看書跟賣書，像妳姐那麼漂亮的女孩子，應該不會喜歡我這種書呆子。」

眼前的這個書呆子，跟記憶中的痞子男，形象落差極大，加上楊墨成矢口否認，表情又是那樣無辜，大大動搖了杜可馨的信心。

難道，這世界上真的有兩個長相一模一樣的人嗎？

杜可馨再打量了楊墨成一眼，對方的言行舉止十分從容自然，看不出是偽裝的。她當下並沒有十足的把握，看來，她需要更多的證據來佐證自己的推論。

「不好意思，讓妳一早就跑來我們店裡，也許，我的回答不能讓妳滿足，但我已經是實話實說了，不曉得妳還有別的問題嗎？」楊墨成問道。

「有，請問下一班回台北的車是幾點？」

一旦下定決心，就會付諸行動，她就是這樣的人。為了證明自己的眼睛沒看錯，想弄清楚真相的杜可馨匆匆忙忙趕去車站，一刻也不願意多等，她要趕回台北，如果有任何人證、物證，都會在這座繁華而冰冷的城市。

當她到家的時候，已經是下午三點多了。才一進門，她就察覺到有股異樣的氣氛襲來。

「你說，你到底想這樣鬧下去多久？」

「我跟妳說過了，我這不是鬧！總之，妳以後少管我的事！」

「我想管也管不了啊！這個家你都不管了，還在乎我們母女怎麼樣嗎？」歇斯底里的秦若蘭不自覺地提高了分貝。

杜逸民瞥見杜可馨回來了，他不想在女兒的面前吵架，就進書房暫避，而秦若蘭也不想讓女兒看見自己的狼狽樣，擦了擦眼淚就躲進了臥房。

杜可馨見自己的父母冷戰，心裡也很難過，家裡低氣壓的情況依然沒有改善。

這個家究竟是怎麼了？

曾經，和樂融融的一家人，為什麼會變成現在這樣四分五裂呢？

她忍不住在想，要是失蹤的人是她，而不是姐姐就好了。或許，父母的悲痛可以少些？

她不想問父母關於姐姐男友的事，也不認為他們會知道，所以，她想到了一個救星可以伸出援手。

董欣霓，一個在地產界獨當一面的女強人，她可是知名環球建設集團的營運總監，也是該公司的王牌，好幾宗大建案都是她一手推動的，頗受總裁的重視。更重要的是，她是姐姐從高中就認識的閨中密友，兩人可是十幾年的老交情。

她一定清楚姐姐的事！

「欣霓姐，真不好意思，這麼急著把妳找出來。」杜可馨攪動著飲料，任憑冰塊在杯中清脆作響。

杜可馨並沒有說錯，董欣霓是個大忙人。事實上，她下午有好幾場會議要開，晚上還得連夜趕明天要交的企畫書，但她還是儘可能推掉了不必要的約會，只為了和杜可馨見上一面。理由很簡單，因為她對杜可婕失蹤的事情也很關心。

「別這麼說，妳是可婕的妹妹，也就是我的妹妹。妳這麼急著找我，一定是有什麼要緊的事情吧？」董欣霓馬上切入重點，她頓了一下，問道：「是不是……可婕有消息了？」

杜可馨搖搖頭，她也很希望自己是來傳遞好消息的，只可惜並不是。她沒忘了自己此次前來的目的，也不再拐彎抹角，直言道：「欣霓姐，妳和我姐這麼熟，一定也認識她的男朋友囉？」

董欣霓不禁顫動了一下，手中握著的叉子一個沒拿穩，直接掉在裝沙拉的瓷盤上，刺耳的聲音引起了好幾位客人的注目。她不好意思地對其他人露出抱歉的微笑，隨即拾起叉子，繼續維持她優雅進餐的姿態，然而，語氣上明顯冷淡許多。「妳問那個人做什麼？」

杜可馨知道自己問對了問題，連忙表明自己的來意：「我看到了一個跟他長得很像的人，但我不確定他是不是姐的男友。拜託，請告訴我所有關於他的事吧！我有種直覺，他和我姐姐的失蹤有很大的關係。妳不覺得，身為一個男友，對失蹤的女友不聞不問，是一件很不自然的事嗎？」

「那有什麼值得奇怪的！他這個人就是個爛人！」董欣霓脫口而出的話語，讓杜可馨嚇了一跳，她沒想到，董欣霓對姐姐男友的評價這麼差。

「怎麼說？他是不是曾經傷害過姐姐？」

董欣霓似乎也察覺到自己的失言，連忙補充道：「沒有啦，我和向書磊也沒有很熟，只是對這個人一直沒什麼好感。」

「可是，我想找到他，也許，找到他就可以找回姐姐……」

「我覺得那不會有用。」董欣霓的話，有如當場潑了杜可馨一頭冷水，她隨即又安慰道：「我知道妳很關心姐姐的下落，但找人這件事，還是應該相信專業，是不是？交給妳爸媽處理就好。」

杜可馨嘟囔了幾句：「我又不是小孩子了，我也可以處理呀。」

董欣霓笑了笑，只當是任性的小女孩在撒嬌，並沒有太在意。

雖然後續的對話沒有套出更多的線索，但至少從董欣霓的口中，知道了姐姐男友的名字。

杜可馨在自己的筆記本上記下了「向書磊」這個關鍵性的名字，開始在廣大的網際網路上搜索。幸好，這個名字不算常見，否則，幾百筆菜市場名光一一查訪過濾就要耗費不少時間了。

杜可馨的運氣很好，很快就篩選出一名可疑人選。她看著華泰醫院網頁上的人事名單，有個人資部主任的名字正巧也叫向書磊。

她瞬間回想起姐姐所說的話，他們兩個人是在醫院認識的，沒錯，這個向書磊就是她要找的人！

繼續瀏覽網頁，她看到華泰醫院的院長與其他要職人員大部分也都姓向，感覺這是間家族經營的醫院。她正要點閱向書磊的個人資料，卻發現他跟其他醫生護士不同，他們的簡歷都附上照片，唯獨他偏偏是一個制式的空白頭像。

是本來就沒有照片，還是有人刻意將他撤掉呢？這也引發了杜可馨的高度好奇。她深深覺得，這個男人就像剛遇見他的時候一樣，總是包覆在一堆謎團之中。

線索找到了，她有必要親自去一趟華泰醫院。

隔天，杜可馨照著網路上的地址，來到了位於陽明山山腳下的這間大型醫院，一進大廳，她就直接走到櫃台，詢問接待的小姐：「我要找你們人資部的向主任。」

櫃檯小姐狐疑地看了她一眼，禮貌性地提問：「小姐，請問，您找他有什麼事嗎？」

杜可馨靈機一動，隨口編了個答案：「我來應徵。」

「喔，這樣啊……好吧，請等等。」櫃檯小姐撥了室內分機，和電話那一頭的同事交談了好一陣子。

這段等候的時間，杜可馨竟開始不自覺地緊張起來，她反覆在腦海中思索，模擬著待會兒的情境對話。

萬一，向書磊真的出現了，她要跟他說什麼？當然不可能是問他當年失約的事。可是，問姐姐的事好像也沒意義，如果他知道，新聞鬧那麼大的時候，早就該出面說明了。難不成，她要跟他說，在宜蘭的某座小鎮裡，有個跟他長得一模一樣的書店老闆？

杜可馨的演練還沒進行完畢，一個具有磁性的嗓音就在身後響起：「妳好。」她連忙轉身，還以為會見到姐姐的男友，但她的期待落空了。來會面的是一個留著落腮鬍的粗獷型男，雖然長得也很帥氣，卻不是她想找的那個人。

「是我搞錯了嗎？該不會又是個巧合，這個人跟向書磊只是同名同姓而已？哪來那麼多的向書磊呀？」杜可馨一個人喃喃自語，忽然間，她注意到對方的白袍上繡了名字，上頭明明寫著「向書豪」，而不是「向書磊」。

「喂，你為什麼要冒充向書磊？」杜可馨發現自己被愚弄了，不客氣地質問。

「妳認識我哥？」

原來，眼前的這位向醫生是向書磊的弟弟。搞清楚關係之後，杜可馨索性將錯就錯，繼續瞎掰：「對……對啊，我跟你哥很熟呢！你快叫他出來見我。」

向書豪可沒這麼好唬弄，怎麼說，他也是知名國外醫學院畢業的高知識份子，以他的智慧判斷，這女人的話裡有古怪。半信半疑的他，故意設下陷阱套話：「既然妳跟他這麼熟，那為什麼不打他的手機直接找人？要是妳沒有電話的話，我可以借妳。」

向書豪邊說，邊掏出了口袋中的手機，遞向杜可馨。

「不用了啦。我來之前打過，他的手機不通。」

「是嗎？可是，我哥的手機一直留在我這兒保管，剛剛可沒有任何未接來電出現。」向書豪精準地戳破了杜可馨的謊言。

她知道自己掰不下去了，索性一口氣承認：「對對對，我是對你撒了謊沒錯，但也比你哥避不見面要好得多吧！要不是我姐不見了，你哥有可能知道我姐的下落，我也不會來這裡找他。」

向書豪聽完杜可馨連珠砲似的發言，一愣。「……妳是杜可婕的妹妹？」

杜可馨用力地點了點頭，更肯定自己的直覺沒錯：「拜託請你哥出來吧，我有很重要的事找他。」

不知道為什麼，向書豪突然露出有些哀傷的神情，也不若先前的跋扈，誠懇地回答：「別說妳了，我們也在找他。」

杜可馨不明白對方話中的含意，還想繼續追問，卻被擋下。

「別再打擾我們家的人了！妳不見了姐姐，我也沒有了哥哥，兩邊就當作是扯平吧！」

向書豪搖搖頭後離去，拒絕再透露任何跟向書磊有關的事。杜可馨一頭霧水，只能旁敲側擊。

她在醫院裡隨意遊走，假裝是來探病，藉機刺探關於醫院的八卦。在與幾名護士小姐攀談過後得知，醫院內部似乎發生了什麼鬥爭，所以，大家誰也不敢多談。至於向書磊本人則更是神祕，原來，他已經失去音訊好一陣子了，沒有人知道他去了哪裡。

奇怪的是，這個人不愛拍照，也沒有在醫院留下任何相片，這更讓杜可馨起疑，她感覺到自己好像捲入了一個比想像中更詭異的事件裡。

線索到此為止了，這時，杜可馨想起一事，自從姐姐租的公寓退掉後，所有的物品都被母親收起來了，於是，她又折返家中。

她在姐姐的物品裡再次東翻西找了一遍，怎麼找都找不到姐姐跟向書磊的照片，一張都沒有。

儘管她不想在這個療傷的時期裡，再度觸發母親的傷心情緒，但她真的很想找到真相，因此，她不得不硬著頭皮詢問母親：「媽，姐的東西都在這裡了嗎？還有沒有放在其他地方？」

秦若蘭的精神狀況依然不是很好，只見她面露疲憊地回答：「是啊，拿回來以後都沒有動過，全放在這兒了。怎麼了？妳找可婕的東西幹嘛？」

杜可馨雖然有些失望，但也不覺得意外。「喔，沒什麼啦，只是覺得姐留下來的東西怎麼那麼少。我記得，姐明明有很多書的，可是也都不見了。」

杜可馨的話提醒了母親，秦若蘭忽然想起什麼，主動提起：「啊，退租那一天，她的男朋友負責幫忙打包，不知道是不是被他收走了？」

「什麼？媽，妳見過向書磊啦？」

「怎麼了嗎？」

「不早說！那他長得怎樣？」

「啊？就高高瘦瘦的啊。」

秦若蘭形容得不清不楚，有講也等於沒講，讓杜可馨有些著急。「就這樣？那他有沒有什麼特徵？」

「那時候傷心都來不及了，我哪還管得了其他的。不過，妳問這麼多幹嘛？」

杜可馨隨口杜撰了一些理由搪塞過去，好讓母親不再問東問西。同時，她更驚覺到，向書磊刻意抹煞了自己的痕跡，這個人愈來愈可疑了，這一切絕不是單純的巧合而已。

只是，他為什麼要這麼做呢？而他現在到底人又在哪裡呢？

杜可馨沒有具體的結論，只有滿腹的疑問。於是，她決定了，她要再去一趟宜蘭，就現有的情報，再去見一次那個叫楊墨成的書店老闆。

離開家門，杜可馨才一走到大馬路上，就迎面遇見了一個熟人，那就是姐姐的閨蜜董欣霓。

「妳是來找我嗎？欣霓姐？」

「嗯，我在想，妳該不會還在調查向書磊的事吧？」

「是啊！」杜可馨坦承不諱。「我正要再跑一趟宜蘭，看能不能從他身上找出一點蛛絲馬跡來。」

「我就知道，就算我勸妳不要調查下去，妳也不會死心的。妳姐曾經說過，妳是一個非常非常固執的人，她果然很瞭解妳。」

「欣霓姐……妳不會阻止我吧？」

不若以往身著正式的套裝，董欣霓今天一身時尚的輕熟女裝扮，露出微笑：

「我阻止會有用嗎？走吧！我陪妳去那間書店看看。」

「真的嗎？會不會太麻煩妳，妳的工作不是很忙嗎？」

「我跟可婕情同姐妹，她的妹妹，也就是我的妹妹，如今可婕不在了，我有責任好好照顧妳。」董欣霓又補上一句，以減輕杜可馨的內疚：「更何況，我今年還有一堆假都沒有休，偶爾翹班去度個假，應該也不是太過分吧！」

杜可馨聽了有些感動，不敢置信地直問道：「欣霓姐願意跟我去，我太高興了！」

「妳不認識他，一個人去沒用，帶我去就不一樣了，只要我看到向書磊，一定可以當面確認他的身分。還是，妳不歡迎我去？」

「太好了，我歡迎都來不及呢！妳都不知道，我這幾天調查向書磊已經陷入了瓶頸……」

「我們先去搭車，一路上，妳再把整件事的經過告訴我。」

杜可馨隨即跟董欣霓一同搭計程車到達車站，兩人坐上通往宜蘭的火車後，杜可馨便將目前掌握到的情報，一五一十地告知董欣霓。

董欣霓很專心地聽著，看得出她很認真在思考，可是，她並沒有把心裡想的事情，與杜可馨分享。一直到下車為止，她除了追問一些細節之外，幾乎沒有表達什麼意見。

經過一番轉車與步行的工夫，杜可馨與董欣霓一同站在巷弄口，前方就是閱樂書店的店門，她們有志一同地停下腳步。

「就是這裡嗎？」董欣霓盯著書店歪歪斜斜的招牌，喃喃自語。

「欣霓姐，我們進去吧！」

「等等，妳先在外面等著，我一個人進去就好。」

杜可馨點點頭，讓認識向書磊的董欣霓自己進店，跟楊墨成兩個人獨處。這方法或許可以逼他承認身分，她退到書店側面的牆邊，打算從窗戶窺看事情的進展。

董欣霓一副胸有成竹的模樣，大步踏進店內，目光掃視，立刻發現了正在櫃台算錢的楊墨成，他低頭數著鈔票，眼角餘光瞄到有人上門，卻以為只是普通的客人，隨口說道：「歡迎，進來隨便看看呀！」

不用他說，董欣霓早就在看了，她看的倒不是書，而是楊墨成。她克制住驚訝的表情，一步步朝他靠近，用沉穩而堅決的語氣，緩緩地開口說道：「原來你在這裡。」

楊墨成聽到這話，抬起頭來，看見了董欣霓，一位姿色豔麗的美人已來到他的面前，他不疾不徐地說道：「小姐，妳在和我說話嗎？」

「我的面前就只有你一個人，如果我不是在和你對話，難道我是在自言自語嗎？」

「那有什麼需要我服務的嗎？」

「向書磊，沒想到，你竟然放棄繼承家裡的大事業，跑來這兒當小書店的老闆，真是令人意外。」

面對董欣霓如此針鋒相對，楊墨成只是遞了一張小小的名片過來：「小姐，妳肯定認錯人了。我是楊墨成，不是什麼向書磊。」

「兩百塊就可以重印一盒名片，這不能代表什麼。」董欣霓收下名片，卻扔在地上，這擺明是挑釁的舉動，讓窗外的杜可馨看了大吃一驚。她趕緊轉頭看向楊墨成，想知道他會有什麼反應，只見對方一派輕鬆，彎下腰撿起名片，拍了拍上頭的灰塵。

楊墨成並沒有動怒，反而露出了陽光般的微笑，說道：「不過，我的臉上也沒有印著我叫作『向書磊』，妳又為什麼老是要這樣叫我呢？」

「你什麼時候變得這麼會裝瘋賣傻了？」

就在這時，楊墨成偶然間瞥見窗外有顆人頭在搖晃，他立刻認出那是杜可馨，高聲喊道：「喂！杜小姐，請問這個大美女是妳的朋友嗎？」

杜可馨已經來不及閃避，既然被發現了，她只好乖乖走進店裡，指指董欣霓，詢問楊墨成道：「她叫作董欣霓，你不認識她嗎？」

「偏偏我就不是妳們說的那個人，硬要我說認識，我也說不出口呀！」

董欣霓就沒有這麼輕易放過楊墨成了，依然咄咄逼人：「向書磊，你騙得過別人，卻騙不了我。」

「那就傷腦筋了。」楊墨成聳了聳肩，一臉無所謂的樣子，嘴裡唸唸有詞：

靈，或者不靈，相信，或者不相信
最後呢誰也不比狗尾草更高
除非名字上昇，向星象去看齊
去參加里爾克或者李白
此外
一切都留在草下
名字歸名字，髑髏歸髑髏
星歸星，蚯蚓歸蚯蚓

（余光中．〈狗尾草〉）

一聽見楊墨成吟起詩來，董欣霓忽然一愣，她沉默了一會兒，視線從他身上別了過去，她冷笑了一聲，轉身走出店外。

杜可馨見董欣霓一走，也趕緊跟了過去，快步追上董欣霓，說道：「怎麼樣、怎麼樣？欣霓姐，他是向書磊嗎？還是，我們找錯人了？」

「我想，他應該不是向書磊。」董欣霓做出了結論。

「為什麼？」

「因為，我認識的向書磊從來不看書，可以說是個不學無術的草包。但剛才妳也看見了，他隨口就能朗誦出一首詩來，如果不是平常便飽讀詩書，是不可能做到的。這絕不是向書磊能辦到的。」

「好像有點道理。」

杜可馨點了點頭，這個論點的確成功說服了她。杜可馨也不愛看書，所以，她最清楚，一個從不看書的玩咖忽然變成一個這麼懂書的人，還要在短短一年之內，讀完這麼多深奧難懂的經典文學，那簡直是不可能的任務。

更別提，向書磊是個出自醫院世家的公子哥，而楊墨成卻是開了一間根本賺不了錢、又這麼假文青的二手書店，兩個人簡直有如天壤之別。雖然，沒有直接的證據能夠證明，但種種的跡象都呈現出，楊墨成和向書磊根本是兩個完全不同的人。

「那接下來，我們要做什麼？」杜可馨徵詢董欣霓的建議。
「我想，繼續待在這兒也不會有收穫了，我們回台北吧！」
「可是，我還是覺得哪裡怪怪的。」
其實，杜可馨覺得怪的人，不光是楊墨成，還包括了董欣霓，啟程前，她還興致勃勃，急著想拆穿人家的假面具，結果才聽到對方唸了一首詩，她忽然就整個人冷卻下來。她戲劇性的變化，杜可馨都看在眼裡，只是沒有說出來。
或許，董欣霓的心裡有什麼祕密，是她所不知道的。
於是，杜可馨與董欣霓決定分道揚鑣，後者先行返回台北，而杜可馨因為還有很多謎團尚待解開，所以，她選擇留下。
杜可馨一個人漫步在小鎮裡，還沒想到下一步計畫的她，索性名符其實地走一步算一步，把整個鎮繞一圈，至少熟悉一下地理環境。
走到半路，這一趟看似沒什麼意義的行動，發生了突發狀況。
杜可馨平常雖然有點遲鈍，可也不是毫無警覺心的人，她走著走著，隱隱約約感覺到背後有人在跟蹤她。
她不動聲色，故作自然地繼續往前走，等到快要轉彎時，她忽然拔腿就跑，一跑過轉角，立即剎車，整個人一百八十度轉身，這一招顯然奏效，她當場活逮跟在她後頭鬼鬼祟祟的傢伙，而她猜錯了，那個人不是楊墨成，只是個一臉稚氣的毛頭小子。

這就是杜可馨與阿比第一次碰面的場合，阿比第一時間的反應卻想要逃走，被眼明手快的杜可馨攔住了去路。

「你是誰？為什麼要跟蹤我？」

阿比跟杜可馨之間隔不到兩步，他近距離看到對方是個清秀可愛的女孩，又被她當面質問，臉上不禁紅了起來。

「你害羞什麼？沒看過美女呀！」

阿比急著辯解，便坦白說出了他的用意：「我不是壞人！我只是很好奇，妳這個外地人來我們這裡做什麼？」

「來觀光不行嗎？你們鎮上不歡迎外地人嗎？」

「那妳為什麼來了好幾次，都只去那間書店？」

杜可馨一愣，反問道：「你怎麼知道我去了好幾次？你是不是偷跟我很久了？」

「我不是跟蹤狂啦！我只是想知道，妳跟那個怪怪的老闆有什麼關係？」

阿比的話，讓杜可馨的精神為之一振，她似乎發現了新線索：「你說的是書店的楊老闆對不對？他怎麼樣怪，說給我聽聽看。」

問人家的人反而被問，老實的阿比沒想太多，呆呆地吐露情報：「因為他不是本地人，沒人認識他，又莫名其妙跑來這裡開書店，還住在山丘上的鬼屋裡，妳說，這樣的人不怪嗎？」

「那間書店什麼時候開的？」

「大概一個月前吧！」

原來，閱樂書店根本沒開多久嘛！這下子被她抓到把柄了，不僅老闆的身分可疑，開店的時機點也令人充滿聯想，很難不跟姐姐的失蹤及向書磊的不知去向勾串在一起，這一切都太可疑了。

杜可馨的決心更加堅定，她不能就此罷休。

「喂！換我問妳了，妳是從哪兒來的？」

「台北。」

「妳是專程來這間書店嗎？為什麼？」

杜可馨也是個坦率的人，直言道：「因為我覺得，這間書店好像有什麼祕密。」

「對對對！我也這麼想耶！」阿比彷彿找到了知音，興奮地附和杜可馨的話。

這時，天色也漸漸昏黃，杜可馨的肚子開始發出抱怨了，她把話題帶到民生議題上頭，問道：「我還有些問題想問你，我們換個地方討論怎麼樣？這附近有沒有什麼餐廳還是咖啡館？我想順便吃點東西。」

「妳喜歡吃炒飯嗎？」

「這是什麼問題？會有人不喜歡吃炒飯嗎？」

「那就跟我來吧！我們家就是賣炒飯的。」

阿比跟杜可馨併肩而行，身旁多了一個來自都市的美女，阿比真是走路也有風，一掃前些日子光屁股逃命的糗態，他巴不得路上的人們多看他幾眼。

就心智年齡而言，杜可馨大概與高中生阿比差不了幾歲，在共同的想法之下，兩人意外地很投緣，阿比分享了他對巷弄裡那家書店的看法，並推測老闆的陰謀與野心，即使充滿誇大與奇想，杜可馨還是聽得頭頭是道。

阿比招待杜可馨到自家的小吃店，替她點了一份炒飯，老劉還以為兒子開竅了，竟然懂得拉客人上門，感到十分欣慰。

招牌的鴨賞炒飯很快上桌，杜可馨舀了一湯匙送入口中，立刻讚不絕口：

「好好吃喔！我第一次吃鴨賞炒飯，沒想到這麼好吃。」

「沒什麼啦！妳喜歡就好。」阿比面有得色地說道，完全忘了他之前還瞧不起這道祖傳料理。

「你們家的飯吃起來特別香耶！」

「喔，我們家在用電鍋煮飯的時候，會加入幾滴沙拉油，這是我爸的祕訣，不過他說這是祕密，不可以告訴別人。」話雖這麼說，阿比還是告訴了才剛認識的杜可馨，顯然把老爸的話當作耳邊風。

杜可馨聽了這番話，腦中靈光一閃，想到了一個絕妙的好點子，當然，跟廚藝一點關係也沒有。

杜可馨快速地扒完盤子裡的炒飯，從位子上站了起來，抓住一旁的阿比說道：「我吃飽了，你們這裡有沒有旅館可以住？」

「沒有耶！誰會在這個鳥不生蛋的地方開旅館？」阿比想了一想，提出了另一個主意：「倒是我們家閣樓有一間空房，以前有租給別人，我可以跟老爸說一下，讓妳住一晚應該沒問題。」

杜可馨就在阿比家借宿了一晚，隔天，她一大早又衝去了閱樂書店。

楊墨成見到杜可馨，彷彿也見怪不怪地對著她打招呼：「嗨，又是妳啊！來了兩次都沒買書，這回，打算要買了嗎？」

「我……我不是要來買書的。」

「喔，沒關係，也是有很多人在店裡看完不買的。想看哪一本，妳就自己翻吧，當我不存在沒關係，不要再亂認人就好了。」

「我不是要當客人！」杜可馨忽然向楊墨成提出一個大膽的要求：「老闆，我想來這裡打工。」

「啊？小姐，妳在開玩笑吧？這間小書店請得起妳，就養不活我了。老實說，本店也不會有什麼升遷的機會。」

「老闆，你放心啦，我不會要求很高的薪水。」杜可馨不死心地遊說：「而且，像前幾天老闆你去外面收書，店裡就沒人在顧了，這樣不怕書被偷嗎？萬一，有其他客人想來買書，撲了個空，不是很掃興嗎？請個工讀生比較好啦！」

「謝謝妳的好意，我看，暫時應該沒這個需要。更何況，宜蘭這個鄉下地方，不會有這麼多客人來的……」

楊墨成的話還沒說完，就有一大群觀光客剛好進來，也不知道是不是老天爺故意安排好的。杜可馨見狀，連忙把握機會表現，努力當個稱職的店員接待客人。

「歡迎光臨，大家慢慢看喔！」

這就是杜可馨的點子，如果她當客人的話，每天去書店，八成也找不到破綻。真想知道這間書店、這個老闆的祕密，就得成為書店的一份子，取得楊墨成的信任。

假如，姐姐真的走進了書裡，那麼，只有透過這個從書裡走出來的男人，才有辦法帶領著她找到姐姐。杜可馨一邊招呼，一邊在心中這麼盤算著。她深信，只要她能查出這個男人的祕密，或許，就能夠得知姐姐的下落。

第四章

二手書店的一天

從這一天開始，杜可馨將以閱樂書店正式員工的身分，在這個小鎮展開她全新的生活。

每天一開店，楊墨成就會固定派給杜可馨一項重要的任務，那就是擦拭閱樂書店的「鎮店之寶」。

這件寶物不是金玉飾品、古董花瓶或是藝術雕刻，而是一本書。楊墨成特地將這本書裱框，掛在牆壁最醒目的位置，他總是叉著雙手，對著粗手粗腳的杜可馨下達指令道：「今天也要好好擦拭乾淨呀！記得拿下來的時候，一定要特別小心。」

「知道了啦，你已經講了八百多次。」杜可馨一臉不耐煩地低聲抱怨：「怎麼一個大男人這麼囉唆，簡直比我媽還嘮叨？」

然後，她就會一手拿著毛巾，另一手捧著那本鎮店之寶，那本書的書名叫作《吶喊》，作者是魯迅。她先是向楊墨成作了一個鬼臉，接著又露出微笑，對著那本書自言自語道：「好吧！看在你讓我順利錄取的份上，我一定會好好地幫你保養保養。」

雖說是閱樂書店的鎮店之寶，但其實這本書來到店裡，也不過就是一個禮拜前的事而已。究竟它是怎麼來的呢？這一切都跟杜可馨的求職大作戰有關。

時空倒回到七天前，杜可馨下定決心，要應徵閱樂書店的員工，明明老闆還沒錄取她，這個急性子的女孩居然先辭掉了原本補習班的工作，反正，她早就不想幹了。

那份工作唯一讓她有點捨不得的，大概就只有李澤暄了，他聽說她要離職，幾乎都快要哭出來了。

「可馨，妳真的要去宜蘭工作？妳又不是宜蘭人，為什麼要去那邊？」

杜可馨沒有說明理由，只是安慰李澤暄道：「你別難過，我走了，老闆一定會請一個比我更可愛的女孩，你會跟她相處得很好，而且，還會比喜歡我更喜歡她。」

李澤暄依依不捨的眼神，像是一隻可愛的小狗，她一看那個表情就知道，他根本沒有被說服，他痴情的程度超乎她的預料。

她心想，如果在這世界上，有一個跟她杜可馨長得一模一樣的女孩，她一定努力撮合她跟李澤暄在一起。

處理完工作的事，接著就是搞定家事。她一開始就沒打算要搭火車通勤，而是直接住在那座小鎮，連房子都找好了，就是老劉小吃店的閣樓。

坦白說，現在的家讓她只想逃離，沒有多餘的眷戀。也許，這次出走可以讓爸媽從失去姐姐的傷痛中醒悟過來，好好珍惜剩下的這個女兒，彼此不要再冷戰對立了吧。她留下一張簡短的紙條，放在餐桌上明顯的地方。

爸、媽，我要去宜蘭一陣子，還不確定什麼時候回來。如果家裡有什麼事，再打電話給我。

可馨

杜可馨關上公寓大門，提著輕便的行李走在小巷弄裡，她回頭看了一眼自家的公寓，暗自立誓：「爸，媽，等我回來！到時，我一定會把姐姐也一起帶回來。」

她沒有後顧之憂，也沒有退路可走，所以，她絕對要成為閱樂書店的員工，無論楊墨成開出多麼苛刻的條件。

對於根本不缺人手的閱樂書店來說，楊墨成大可以省下這筆人事費用，但看到杜可馨大老遠跑來應徵的決心，他實在無法拒絕這個意志堅強的女孩，因此，他要讓她知難而退，便給她出了一道考題。

「妳想當閱樂書店的店員可以，不過，得看妳有沒有收到好書的本事。」

「收購二手書有什麼難的？就算真的收不到，大不了，我自掏腰包出錢捐書總可以吧！」

「不是每一本書塞進來，我們書店都會要的，要是真的好書才行。」

「好書的定義怎麼判斷？」

「當然，由我說了算。」

杜可馨忍不住抗議：「老闆，這太主觀了吧！誰知道你會不會故意整我？」

楊墨成眨了一下眼睛，微微一笑，心裡卻是在想：「對啊，我就是整妳沒錯。」

「這本所謂的好書，什麼時候要交？」

「限期七天，要是妳收購不到，我就免費送妳一本，讓妳在回台北的路上不無聊。」

這已經是公然挑釁了，杜可馨對楊墨成發下豪語，她絕對會在七天內收到他認可的好書回來。既然她誇下了海口，就不能漏氣，她先去找阿比協助，兩人從家裡翻出一堆破舊的漫畫書與過期雜誌，甚至還夾雜著色情週刊，簡直讓她哭笑不得。她煩惱地托著腮，這些書連她自己都覺得不ＯＫ，更何況是要過楊墨成那一關呢？

算了，就亂槍打鳥看看吧！杜可馨硬著頭皮提了沉甸甸的一袋舊書，交到楊墨成的面前。果不其然，他才瞄了一眼，就把它們當成資源回收處理掉了。

「妳是在開我玩笑？還是瞧不起我們二手書店？」

記取失敗的教訓，杜可馨改變策略，積極在網路上發文徵求好書，但這年頭看書的人實在太少了，來回應的網友多半是想扔掉家中占位置的舊書跟雜誌，跟阿比家的狀況差不了多少，其中也有一些書看起來還不錯，可惜對方地點太遠，運費不符合成本，真要收購只會賠錢。

幸好，天無絕人之路。就在七天期限內的最後一天，杜可馨接到了一通電話。

致電的人自稱是一位退休多年的老教授，他有一批舊書想找人收購，而且，他家就在宜蘭礁溪附近，離小鎮不遠。杜可馨接獲訊息後，重燃起一線希望，她匆匆忙忙趕往那位老教授的家。

一抵達現場，杜可馨發現那是一棟老舊的平房，她按下電鈴，沒聽到應門聲，大門就自動打開了。她走進門內，只見院子種了滿滿的花草盆栽，綠意盎然，但當她踏入屋內，赫然看見裡頭空蕩蕩的，連家具都沒有，也不見老教授的人影。

杜可馨心裡有點毛毛的，剛剛還有人幫她開門，怎麼裡頭變成空屋？該不會是遇到什麼靈異事件吧？

就在這時，一個人影從後門現身，嚇了杜可馨一跳，差點奪門而出，幸好，對方先開口說道：「妳就是杜小姐吧！我的書都在這裡了。」

老教授的年紀比杜可馨想像中的還要大，他領著她來到後院，地上鋪滿了一本本舊書，在耀眼的陽光下，形成一幅獨特的美景。

「今天難得放晴，我把書拿出來晒一晒。」

會給書本晒日光浴的人，必定是愛書人士，但杜可馨有個疑問：「教授，您既然這麼珍惜這些書，為什麼要賣掉它們呢？」

老教授露出苦澀的微笑：「我年紀大了，一個人住在這裡幾十年，快要沒辦法照顧自己了，又怎麼照顧這些書呢？下個月，我的家人就要把我送到安養院去住，我帶不走它們，不如把它們送給更需要的人。」

杜可馨聽了既感傷又感動，她正要向老教授買下這些書，沒想到，老教授一毛錢也不收，全數送給杜可馨。

於是，杜可馨叫了計程車，載回了兩大箱的舊書，放在閱樂書店的院子裡，對著楊墨成說道：「這次，不管你喜不喜歡，都不准丟掉它們。」

「妳錄取了。」

「啊？」杜可馨還沒回過神來，問道：「你又還沒看這裡有什麼好書？」

楊墨成像個老師一樣，說出他的道理：「只要找到愛惜書的人，不管是怎麼樣的書，都是有價值的好書。」

杜可馨愣愣地點了點頭，也許她不太懂什麼是好書，但能夠替那位老教授完成心願，她充滿了成就感，認為自己做了一件好事。

楊墨成開始整理老教授的書本，忽然間，他眼睛一亮，從那一大疊書本裡抽出了其中一本，回頭看向杜可馨，一副不可置信的表情。

「看來，妳是個運勢很強的人呢！」

杜可馨一頭霧水，楊墨成謹慎地端著那本書，呈現在她的面前：「妳來瞧瞧這本魯迅的《吶喊》。」

「魯迅？好像有聽過這個名字，他是誰呀？」

「妳國學常識也太差了吧！」楊墨成：「他是民初的大文豪，有名的《阿Q正傳》就是他寫的。」

「沒看過，我倒是看過梁朝偉演的《阿飛正傳》。」

「不懂沒關係，反正，妳就是一個阿Q。」

杜可馨聽不出來這是誇獎還是嘲諷，把話題拉回到那本書：「這本《吶喊》有什麼了不起的嗎？」

「當然有！這本《吶喊》是一九二三年在北京印刷的初版，在舊書市場上，可以說是價值連城呢！」

楊墨成雙手高舉著那本書，神情激動，如獲至寶，讓一旁的杜可馨看得嘖嘖稱奇。

從此以後，那本書就成了閱樂書店的鎮店之寶。

據說，有位收藏家得知此事後，想出幾十萬的高價買下這本書，但楊墨成硬是不賣。也不知道這個書店老闆是真蠢還是裝傻，竟然放過這麼好的賺錢機會，在杜可馨看來，要是那本破書成功賣出去，書店起碼可以空轉好幾個月都不成問題。

杜可馨不明白楊墨成異於常人的邏輯思考，也不理解一本書的價值差異為何天差地遠，但無論如何，這起事件的最大收穫，就是讓她順利說服老闆，得以成為正式店員。

短時間內，楊墨成再也無法找藉口趕走這回立下大功的杜可馨，如此一來，她便有足夠的時間可以潛伏在這兒，慢慢打探出楊墨成的祕密。

這是一場長期抗戰，杜可馨儼然已有了心理準備。截至目前為止，她的計畫還算成功。她忍不住揚起了一絲微笑，全神貫注在這場間諜戰之中，暫時忘掉台北那個愈來愈失控的家。

雖然杜可馨如願得到了這份工作，卻也發現經營書店並沒有她想像中的那麼容易，最主要的原因，就是她也是一個根本不愛看書的人。逞強的杜可馨才不肯承認自己沒有這方面的天分，為了賭一口氣，也為了不讓楊墨成看不起，她開始每天苦讀起書店裡的書。每一個國字她都認得，拼湊成一個詞也勉強可以理解，但累積成一句話或編排成一個段落，就讓她頭痛不已。

楊墨成見她絞盡腦汁的模樣，常指正她道：「妳只是讀了，卻沒有讀進去。

要知道，每本書都有自己的生命，妳不能勉強它們。」

杜可馨似懂非懂地盯著他，等待他的後續解釋，不過，老闆總喜歡把話只講一半，像是打啞謎般，讓她更摸不著頭緒。

她看著滿屋子的書，頗有種被打敗的感覺，無助地望向楊墨成，詢問道：「那能不能介紹一本不那麼有個性的書？」

「沒個性的書是沒辦法吸引讀者的，我的書店才不收那種書呢！」楊墨成從書架上拿下一本詩集，翻開其中一頁，遞給杜可馨，半命令式地說道：「唸唸看！」

杜可馨接了過來，看了看裡面的文字，不禁皺了皺眉頭，排斥地回答：「不要吧！這樣很怪耶！」

「哪裡怪？」

「唸詩耶！你不覺得有點肉麻、有點做作嗎？」

「那妳唱流行歌，歌詞裡面整天愛來愛去的，不更肉麻？」

面對楊墨成的反問，杜可馨也無言以對。她仔細想想，好像真有那麼點道理。於是，每天顧店之餘，她都會撥空來讀一首詩。

乍看之下，詩集是所有書本裡最輕薄、最少字的，卻也是最精華、最難懂的。杜可馨漸漸體悟到什麼是意境了，雖然她還是懵懵懂懂的，但至少最大的進步是，她不像以前那麼討厭書了。

當然，這段期間，她不只是光當個好學生而已，只要一有機會，她就會試圖刺探楊墨成的過去。

「老闆，你以前就很愛念書嗎？所以，長大才立志要開書店？」

「老闆，你為什麼不去大都市，偏偏要來這麼一個荒涼的小鎮來開店呢？」

「老闆，你爸媽是做什麼的？開文具店還是開醫院的？是不是有一個弟弟？」

「老闆，你交過女朋友嗎？你還記得她的樣子嗎？」

楊墨成三不五時就被杜可馨騷擾，彷彿在做徹底的身家調查一般，但這些問題一點也沒把他問倒，他反而對答如流。

「如果妳真的想聽的話，那我就告訴妳吧。其實，以前的我是一個乞丐，沒有父母，也沒有家庭，就連自己也養不活，只能靠收廢紙維生。我每天唯一的工作就是把一本本舊書送進廢紙機裡。有時候，看那些書明明還很新，卻要被銷毀，就覺得很可惜，所以，我就會當那些書最後的讀者，把那些書擦乾淨，再重新閱讀一次。能看到各種類型的書，真的讓我很快樂，快樂到讓我忘記我所工作的地下室是多麼潮溼、陰暗。後來，我忽然在想，為什麼要把這些好書銷毀掉呢？為什麼不開一間舊書店，把這些閱讀的樂趣分享給大家呢？」

杜可馨聽了，忽然覺得很感動。「老闆，沒想到你這麼了不起！」隨即，她想了想，仍然有些不解的地方。「那個詭異的地下室在哪裡啊？」

可是，才一轉身，楊墨成又不見人影了，彷彿一瞬間就消失在書裡。

杜可馨有好多好多的問題想問，最關鍵也最重要的問題是，到底楊墨成和向書磊是不是同一個人？

調查行動仍然在祕密進行中。

杜可馨不是一個人行動，她還有一個盟友，就是阿比，自從她混進閱樂書店後，很快就摸熟了楊墨成的作息時間，每次趁著他外出的時候，她就會叫阿比到書店會合，兩個人一起探索書店，看看能不能發現驚人的真相。

然而，他們這兩個禮拜以來，幾乎把這間書店裡裡外外都翻了幾十遍，最後還是一無所獲。

「這裡好像真的是間單純的書店。」杜可馨有點沮喪地道。

「是啊！真是有夠無聊，沒有密室，也沒有機關，一點都不神祕。」阿比一邊說，一邊比手畫腳：「我還以為會像推理小說寫的一樣，恐怖的老闆殺死了進店的女客人，然後將屍體藏在牆壁裡。」

「不要亂說！」杜可馨打了一下阿比的頭，她姐姐如今下落不明，她可不想聽到這種事，會引發她可怕的聯想。

「妳打這麼用力幹嘛？很痛耶！女孩子不是應該很溫柔嗎？」

「抱歉，我跟溫柔不熟，它可不是我的姐妹淘。」

就在這時，杜可馨無意間發現，阿比的手臂上有瘀青。仔細一瞧，他的額頭上也腫了一個包，她納悶地問道：「你怎麼啦？跟人打架了嗎？」

阿比一手遮住額頭，不想被別人關注，故意別過頭去：「沒有啦，不小心跌倒而已。」

「我不信！快說，為什麼跟人家打架？」

不若以往的喧鬧，阿比低頭不語。

「你不說的話，那可馨姐姐就自己瞎猜囉。」杜可馨彎下腰，故意說反話：「我猜，你是因為跟其他同學爭風吃醋才打架的。是不是跟那個你喜歡的女孩子有關啊？那個喜歡來書店看詩的女學生……」

阿比漲紅了臉，連忙駁斥：「才不是哩。妳不要亂說！」

「你不告訴我，我只好瞎扯啦！」

在杜可馨的連番追問下，阿比才不甘不願地吐露在學校被霸凌的事。昨天，他又被臭龜那一幫人逼迫玩單挑遊戲，結果就不幸掛彩了。

「所以，你是因為這樣才不想上學，還常常翹課喔？你這樣逃避不行啦！」

「為什麼不行？反正，我不一定要去學校念書，在這間書店也可以念書啊！」阿比才剛說完，眼前就遞過來一本書。

「這啥小？麥、田、捕、手……」

「你想在這間書店看書嗎？就先看這本吧！」出聲者不是別人，正是書店的老闆楊墨成。

「老闆，你這麼快就回來啦！」杜可馨心虛地說道。

「妳那什麼臉？好像不太希望我回來，怕我抓妳摸魚嗎？」

這一頭，阿比翻了翻那本《麥田捕手》，說道：「這是在教人家當捕手的書嗎？可是，我又沒有很想打棒球，看這個有什麼用啊？」

「任何比賽都有它的遊戲規則，學校有學校的校規，書店也有書店的規矩。你不遵照學校的規則沒關係，但你想留在閱樂書店，就必須先讀這本《麥田捕手》。」

杜可馨忍不住插話道：「老闆，我們書店什麼時候有這樣的規矩？我怎麼不知道？」

被吐嘈的楊墨成白了杜可馨一眼，怪她多嘴。「妳自己都還在試用階段，有空還是多讀點書，顧好妳自己吧！」他轉頭問阿比：「決定得怎麼樣？留還是不留？」

阿比一把搶過那本《麥田捕手》，信誓旦旦地回答：「看就看，打棒球總比那些無聊的英文數學有趣吧！」語畢，他隨即在店內找了一個位子坐下，專注地看書。

看見楊墨成露出得意的微笑，杜可馨不禁臉上一紅，也只能傻笑以對，心裡卻一直在想：奇怪，我幹嘛要陪著他笑呀！真是傻瓜。

從閣樓窗外射進來的陽光，準時叫醒了睡夢中的杜可馨，她伸著懶腰起床，準備展開嶄新的一天。

自從住在小鎮以來，已經快滿一個月了，杜可馨漸漸習慣了遠離都市的鄉間生活，有種無拘無束的自由感。這跟度假完全不同，她不用想著收假、塞車及星期一的憂鬱症，因為她就在這裡上班，穿過稻田小徑，轉到老街巷弄，閱樂書店就等著她去開門。

有時候，杜可馨會忘記自己來此的目的，或者說，她是故意忽視這一點，還想多享受幾天輕鬆而美好的日子。

穿著睡衣的杜可馨，喜歡站在老劉家的院子裡，一邊欣賞田園風光，一邊刷牙，今天也不例外。可是，就在她刷到一半的時候，突然一陣閃光刺來，她轉頭一看，籬笆外頭有兩名揹著背包的男子，正朝著她拍照。

滿嘴牙膏泡沫的杜可馨還來不及漱口，那兩名背包客就已經溜之大吉，好像把她當成動物園的猴子。

竟敢偷拍本小姐刷牙！到底是哪裡來的變態？杜可馨手提牙刷與鋼杯，氣得衝出院子，想找他們理論，沒想到，才一跑到路上，看到街頭的情景，她整個人都嚇呆了。

原本應該是僻靜沒落的街坊，竟出現了一大堆觀光客，從他們的語言聽起來，不只有台灣人，還有香港人與日本人，甚至還有來自大陸的旅行團。

杜可馨這才驚覺到，自己還穿著睡衣，她慌忙掉頭，匆匆跑回屋內，心想真是丟死人了，萬一被拍下照片傳到網路上，成為國恥就糟了。

這座三不管地帶的小鎮，一夜之間成了熱門的旅行景點，觀光客絡繹不絕，店家的生意也因此變好，不只娟婆婆的水餃店大排長龍，老劉的店更是座無虛席。鎮民們面對無預警的衝擊，一時間不知道該高興還是煩惱，總之，他們先把眼前的生意顧好。

杜可馨也是同樣的想法，她心想，該不會，這些人潮也會來光顧我們閱樂書店吧！果然不負她的期待，今天早上店才開張沒多久，便有三三兩兩的觀光客好奇地走進來，過了中午以後，上門的客人愈來愈多，可以說是這間書店有史以來的盛況。

「老闆，你看，客人好多喔！」杜可馨興奮地對楊墨成說道。

「妳幹嘛笑得那麼呆？」

「因為我很開心呀！」

「一個上午書也沒賣出幾本，有什麼好開心的？」

「那又怎樣？我們開店，就是希望有客人來啊！就算只是逛逛也好，不然這些書多寂寞呀！」

「我看寂寞的是妳吧！我這人最怕吵了，接下來就交給妳了，我要出去透透氣。」

堂堂一個書店老闆，難得有這麼多客人上門，不想積極做生意就算了，竟然還從後門逃走了。

由他去吧！杜可馨捲起袖子，索性當起臨時店長來。

沾了這波觀光熱的光，就連如此冷門的二手書店，也有客人前來光顧。雖然客人變多了，但大多數的遊客都只是隨便瞄一眼，或是順手在架上拿起書來翻翻，甚至還有人拍照打卡。更誇張的是，一團人甚至以書架為背景，個個從架上隨便拿本書，人手一本竟在這裡拍起了團體合照。

杜可馨看不慣有人連書都拿反了，忍不住怒道：「各位，不好意思喔，我們這裡不是動物園。書店內禁止拍照！還有，書是用來看的，不是用來照的。」

沒想到，團員們互看一眼，隨即群聚在杜可馨的身邊，將她團團圍住。

杜可馨以為對方惱羞成怒，要找她算帳，一下子也緊張了起來。「你們想幹嘛？不要以為你們人多就可以喔。我可是會空手道、柔道、黑道喔……」

她的話還沒說完，只見團員們異口同聲地問道：「請問，那我們可以拍妳嗎？」

原來，團員們根本沒聽懂杜可馨話中的諷刺，還以為只是不能拍書，倒是可以拍人。

臉紅的杜可馨不好意思拒絕，反倒成為遊客們到此一遊的觀光指標。

今天的書店很不平靜，杜可馨好不容易應酬完這群旅行團，沒多久，阿比又跑來書店避難。

杜可馨看了看日曆，好奇地問道：「今天是假日，不用上學啊！現在是怎樣？連假日都要來這裡報到就對了。」

阿比一邊回答，一邊在門口東張西望：「別提了！就是假日才討厭！這陣子，店裡來的客人爆多的。剛才，我不小心打翻了盤子，待會兒肯定會被罵，所以……」

「……又把我們這裡當避難所。」

「噓……」阿比看到媽媽慌慌張張地跑來，小小聲地拜託道：「我媽來了！記得，不要說我在這裡！」

阿比前腳剛鑽進書店的角落深處，劉嬸後腳就踏進門口。她的表情明顯有些著急不安，還不斷地喘氣，顯然是一路跑過來的。

「劉嬸，妳要不要先坐下來休息一下？妳的臉色看起來很不好耶！」

劉嬸緊握住杜可馨的手不斷地發抖，結結巴巴地說道：「阿比……阿比他爸昏倒了！怎麼辦？都怪我！一直拚命接客人訂單，催他出菜……」

杜可馨一聽，發覺事態嚴重，一邊安撫劉嬸，一邊趕去老劉的店幫忙，阿比也連忙衝出，緊追在後。大家手忙腳亂地打電話叫救護車，將老劉火速送往醫院急救。

根據醫生研判，老劉需要做進一步的檢查來確定病因。由於一時半刻無法得知病情，杜可馨只好先回書店等候消息。

一連好幾天都不見阿比來店裡晃蕩，顯然老劉的病情相當嚴重。杜可馨有些擔心，即便在店裡顧店，也魂不守舍的。

「不知道劉叔現在怎麼樣了？老闆，我們打烊後，去醫院探望他們，好不好？」

楊墨成還沒來得及反應，豬肉強就匆匆忙忙地跑進店裡，氣喘吁吁地說道：「楊老闆，能不能請你幫忙一下？」

楊墨成和杜可馨互望一眼後，連忙圍過去關心。一問之下得知，老劉的心臟出了問題，需要盡快動手術。豬肉強知道手術費金額不菲，自告奮勇出面當代表，來街坊跟大家籌錢。

杜可馨一聽，連忙熱血地掏出自己的錢包，把所有的鈔票都拿了出來，只是，幾張百元大鈔明顯不夠。她轉過頭催促道：「老闆，大家都是鄰居，你也應該表示一下吧！」

「嘿啊，楊老闆，我書讀得不多，不過，我知道積少成多，團結也可以很有力啦！」豬肉強也在一旁附和，再次拜託。

忽然，楊墨成走進其中一排書架，沒多久，便拿出一個紙袋，遞給豬肉強。豬肉強還以為是楊老闆藏的鉅額存款，一喜，卻不料楊墨成潑了他一盆冷水，酷酷地回答道：「很抱歉，我這裡只有書，希望這本書能幫得上忙。」

看見楊墨成如此冷漠地對待，急性子的杜可馨馬上跳出來痛批：「老闆，你也太過分了吧！你不但不捐錢，還只肯捐書，而且，竟然還只捐一本書。這怎麼有辦法幫助劉叔他們呢？你怎麼能這麼冷血無情，小氣成這樣呢？難道，你真的忍心見死不救？」

楊墨成沒有辯解，只是聳了聳肩。

杜可馨見他這樣更生氣，忍不住賭氣道：「好，不然這樣，那你先支付我三個月的薪水行不行？就當我先跟你借……」

就在杜可馨指責楊墨成時，一旁的豬肉強好奇地打開了袋子，看著書名，一臉不解地唸了出來：「吶、喊……老闆，這是什麼書啊？名字怎麼這麼怪？」

杜可馨一愣，搶過豬肉強手中的書，不禁驚呼：「老闆，這不是你的鎮店之寶嗎？你不是不管怎樣都打死不賣的嗎？怎麼……」或許是被老闆意外的善行感動，她竟哽咽到說不出話來。

「沒辦法啊！省得有人說我冷血無情、見死不救、小氣得不得了啊！」

「吼，你明知道我不是這個意思。誰教你自己不說清楚，讓人誤會。」杜可馨小心翼翼地將書還給豬肉強，解釋道：「這本書可以賣很多錢的，你要小心保管喔！」

「啊？這本魯蛋寫的書有這麼紅喔？」豬肉強還一知半解地點點頭，有點不太相信的樣子。

杜可馨和楊墨成沒好氣地糾正道：「不是魯蛋，是魯迅啦！」

很有默契的兩個人異口同聲地回答，彼此都被逗笑了。

楊墨成開玩笑地催促豬肉強離開。「快點帶著這本書遠離我的視線，否則，我怕我等一下又會反悔囉！」

豬肉強嚇得趕緊把書緊抱在自己的懷裡，他真以為書會被老闆搶回去，慌慌張張地趕忙跑開。

杜可馨看著笑得像個大孩子般的楊墨成，不免有些心動。她害羞地迴避了他的眼神，深怕被對方發現她的心事。

多虧了這筆錢的及時救助，老劉的手術如期舉行。更令人高興的是，手術十分成功，老劉復原的狀況很好，也沒有任何併發症，被愁雲掩蓋的小鎮又恢復了往日的平靜。

「喂，妳又在發什麼呆啊？我要跟老闆說，妳都在偷懶，要他扣妳薪水。」

杜可馨一回神，就發現阿比把書包斜掛在頭上，在櫃台前跟她打招呼。她不甘示弱地反勒住阿比的脖子，故意恫嚇他道：「你敢！信不信？我跟你媽說，你都翹課跑來書店混。」

由於杜可馨就借住在阿比家閣樓的出租套房，她跟阿比的個性又挺合得來，所以，兩人常互相玩鬧。他一個轉身掙脫，扮了個鬼臉。「你才不會哩！歐巴桑都是嗓門大，沒什麼實質的殺傷力啦！」

「吼，我才不是歐巴桑啦。」

杜可馨追著阿比跑，兩人就在書店上演了一場躲貓貓的遊戲。

自從杜可馨在這裡當店員後，她直率可愛的性格拉近了書店與當地店家的距離。原本遺世獨立的閱樂書店，慢慢地聚集了人氣，開始受到附近鄰居的歡迎，阿比也變成固定來訪的常客，只是他多半是來逛書店聊天打屁居多，從沒買過任何一本書。要是在台北那種競爭激烈的環境裡，阿比早被貼上最不受歡迎顧客的標籤，說不定，還會被兇巴巴的店員和老闆轟出去呢！

總之，在這裡不用背負現實生活的壓力，所以，杜可馨覺得很自在，甚至還有點喜歡，她好像在這裡找到了自己的樂趣與價值。在台北的大都會中，她只是一個渺小的存在，大家每天都爾虞我詐、勾心鬥角的，可在宜蘭這個偏遠卻充滿人情味的小鎮上，每個人都是獨特的，就連阿比這種小屁孩也是。

「好啦！不跟妳鬧了，老闆在嗎？」阿比一本正經地說道，讓杜可馨差點笑出來。

「你以前都專找他不在的時候，怎麼現在反而希望他在了？」

阿比走到一排書架，順手拿出了那本《麥田捕手》，說道：「我是想告訴他，我已經看完這本書了。沒想到，看書比我想像中有用。」

「怎麼說？你用在哪裡？」

阿比得意地說道：「對付我的宿敵臭龜。」

「真的嗎？」杜可馨好奇地問道：「靠一本書就可以解決校園霸凌事件？你是怎麼做的？快告訴我！」

「這本書的主角是一個很衰的男學生，就跟我一樣，不過他很有個性，又充滿理想，這一點也跟我一樣。」阿比的話鋒一轉：「當然，既然他能成為小說的主角，一定有很多地方是我需要學習的。所以，有一次，我又被臭龜他們圍住的時候，我就想到了這個主角，於是，我把自己當成是他，就這樣把臭龜嚇走了。」

「這是什麼魔法呀？」

「我看的不是哈利波特啦！我做的事很簡單，就是罵髒話。」

「這哪招呀？」

「《麥田捕手》裡的主角也很喜歡罵髒話呀！臭龜被我這麼一罵，當場愣住了，後來他摸摸鼻子走人，就沒再來惹我了。」

「他根本是個欺善怕惡的小屁孩嘛！」

「哈哈，是呀！雖然這個做法有不好的副作用，就是我罵髒話被班上的女生聽見，跑去跟老師打小報告，害我被老師罰抄寫『我不說髒話』五百遍。」

「至少你戰勝了臭龜，再也不用怕他了。」

杜可馨沒看過《麥田捕手》，但這本小說相當有名，再怎麼想，也應該不是教人罵髒話才對。不過誤打誤撞，它幫阿比擺脫了長久的夢魘，也算是楊墨成的功勞吧！

受到阿比的刺激，杜可馨也開始讀書了，在一個悠哉的夏日午後時光，難得她今天的心情不錯，還特意跳過了詩集，改挑戰起長篇小說。她選中了赫拉巴爾的《過於喧囂的孤獨》，理由是作者簡介裡的一句話，深深打動了她：

我之所以活著，就是為了寫這本書。

是什麼樣的人，會把寫作當作生存的意義？而又是怎麼樣的書，會比一個人的生命更重要呢？

杜可馨努力閱讀這本書，剛開始，她被故事裡的主角所吸引，但愈看到後面，愈覺得不對勁。

「廢紙回收工人、地下室、看書……」

這些似曾相識的情節，不正是楊墨成先前訴說的離奇遭遇嗎？杜可馨猛地闔上書，驚覺自己被耍了。原來，老闆說的過去根本都是書裡寫的，完全是不存在的記憶。

「老闆，你太詐了，竟然騙我！這明明就是《過於喧囂的孤獨》裡面的故事，欺負我沒讀過書嗎？」

杜可馨愈想愈生氣，她索性連店也不顧了，直接衝出去想找老闆理論。就這麼巧，才經過一個轉角，她就看到楊墨成的身影。對方背對著她走在路上，似乎沒發現她。

本來，她想直接上前質問，但才走了兩步，她忽然停下腳步，興起一個念頭。

老闆一直神神祕祕的，說的話也不知道是真是假。或許，這是一個好機會，一個調查他真正底細的好機會！

於是，杜可馨臨時起意，決定偷偷跟蹤楊墨成，想看看他住在哪裡、跟什麼人接觸。

她很小心地緊跟在後，和他始終維持一定的安全距離。好幾次，還差點被他的臨時折返打亂了計畫，讓她快要行蹤曝露，幸好，都有驚無險地巧妙躲過，她不禁鬆了一口氣。

她以為，前面的路是一條死巷，絕不可能跟丟，沒想到，一眨眼工夫，楊墨成忽然不見了。

杜可馨張望四周，到處都不見楊墨成的蹤跡，彷彿這個人憑空消失似的。她顧不及自己會被發現的風險，光明正大地走在馬路上，舉止招搖地東張西望。放眼看去，都是遼闊空曠的山丘，並沒有足以藏身的地方。

她沿路走去，一路來到了那棟日式老房子前。這時，還沒人告訴她，那就是傳說中的鬼屋。但杜可馨有種異樣的感覺，不是陰森害怕，而是一種時空倒流的錯覺，哪怕是現在走出一位穿著和服的日本女子，也不奇怪。她佇足許久，直盯著這間日式老房子猛看，對這棟屋子留下深刻的印象。

第五章
猶大計畫

陽光透過彩色的玻璃窗傾瀉而下，灑照在木頭地板上。董欣霓低著頭，誠摯地跪坐在長板椅上，手裡緊握著十字架禱告，這是她週日早上的固定行程，也只有在這段做禮拜的時光，她可以稍微放鬆，忘記每天工作的繁忙壓力，以及長期壓抑的不安情緒。

自從董欣霓在宜蘭見到酷似向書磊的楊墨成後，她的內心就始終無法平靜。她給人的印象，一直是一個獨立強悍的職場女強人。她可以面對上億元的大案子當機立斷砸錢投資，連眉頭也不皺一下；她可以冷酷無情地開除資深員工，現場要人家捲鋪蓋滾蛋；除此之外，在不為人知的檯面下，她更是經常為了爭取公司利益，暗中疏通人際關係，並昧著良心欺騙顧客，即使如此，她也完全不覺得愧疚。

基本上，她就是一個為達目的、不擇手段的女人。就算公司交付給她重責大任，她也從來不退縮，遠勝過其他男性主管，哪怕遭遇到阻礙與挫敗，依然無法撼動她的心智。

房地產業界給了她一個可敬又可怕的封號，稱她是「環球魔女」。

然而，這位令同業聞之色變的魔女，如今，卻跪在教堂裡禱告。她的心中忐忑不安，為了一個異鄉的男人心煩意亂。

上一回，她也如此無助徬徨的時候是何時呢？

對了，她想起來了，那是杜可婕去登山失蹤的時候。那陣子，董欣霓幾乎天天來教堂為她的好友祈禱，只是，一點好消息都不曾傳來。她懷疑，是不是因為自己不夠虔誠，才使得上帝沒有理會她的請求。

你們祈求，就給你們；尋找，就尋見；叩門，就給你們開門。因為凡祈求的，就得著；尋找的，就尋見；叩門的，就給他開門。

董欣霓曾詢問過神父，為什麼神從來沒有回應過她？她似乎感受不到自己得到神的眷戀。

她很清楚地記得，神父回給她的《聖經》〈雅各書〉：

你們貪戀，還是得不著；你們殺害嫉妒，又鬥毆爭戰，也不能得；你們得不著，是因為你們不求。你們求也得不著，是因為你們妄求，要浪費在你們的宴樂中。

不知道為什麼，她當下聽到的時候，心裡覺得不太舒服，並沒有很虛心地接受神父的教誨。

董欣霓此刻又回想起那段經文，她忍不住皺著眉頭，戴上足以遮住大半張臉的太陽眼鏡，起身離開了教堂。

就在她踏出門口，正要走往停車場的方向時，一陣急促的喇叭聲忽然在身後響起。

她回頭一看，一名坐在百萬超跑名車上的帥氣男子正對著她揮手，示意她上車。那名男子穿著一襲貼身的深藍休閒襯衫，打扮貴氣時尚。這種男人雖然看起來事業有成，但很明顯就不是刻苦創業型的大企業家，而是坐享其成的第二代。

當然，董欣霓對這名跑車男並不陌生，最近這陣子，她幾乎每天都跟他朝夕相處，他不是她的男友，而是她的老闆——程孟政，一個剛從父親手中接掌環球建設集團的少總裁。

程孟政新官上任，就急著展現他的雄才大略，把自己的野心搞得路人皆知，也弄得全公司上下雞飛狗跳，唯有董欣霓沒有被他嚇到，維持一貫的專業態度。也正因為如此，她頗得程孟政的賞識，動不動就找她出來討論公事，連假日也不肯放過她。

「上車吧，我送妳一程。」程孟政見董欣霓仍駐足在原地，不禁搖下車窗催促道。

董欣霓啟動了平日幹練的女強人模式，展現拿手的公關式微笑，說道：「不用了，我自己有車。」

沒想到，程孟政一個帥氣地躍下車來，把董欣霓手中的車鑰匙一把搶下，直接丟進水溝蓋裡。

「好啦，現在沒了，可以上車啦！」

董欣霓瞪大了雙眼，對這個剛上任不按牌理出牌的新任總裁，她也沒輒，只得沒好氣地上車，還忍不住抱怨了一下。

「你特地經過，不是為了故意把我的車鑰匙丟掉，然後，再大費周章地要送我一程這麼簡單吧？」

「聰明！」程孟政雙手拍了一下方向盤，也不顧車子正馳騁在高速公路上，讓董欣霓有些膽顫心驚。

美式作風的程孟政不習慣拐彎抹角，他單刀直入地切入話題：「坦白說，我的確是特別來接妳的。」

「那我真是受寵若驚了！你來接我，不會因為我是環球建設的王牌總監吧？」董欣霓瞄了一下窗外。「而且，上車這麼久，你也沒問我要去哪裡？看來，你是有自己的目的地，應該比較像是強迫我跟著你一起去吧！」

「哈哈哈……」程孟政開懷大笑了起來，他的笑聲很爽朗，並不會讓人討厭。「妳講話還是這麼犀利！我就是喜歡妳這一點！倒是令我驚訝的是，沒想到妳會是這麼虔誠的教徒。」

「兩年前受洗的，也許是壞事做太多了，有點良心不安吧！」

「什麼壞事？該不會是跟公司有關吧？如果真的有關，那我可真過意不去了。」

「在房地產界，我的確是做過不少黑心缺德的事，不光是為了公司，也是為了我自己。不過，這種行為是我自找的，不奢望上帝原諒我。」

「所以，是跟感情有關的事嗎？」

董欣霓的神經緊繃了一下，她心想，這總裁直覺挺準的，但她不想回應這個話題，低調地說道：「那不重要，是我個人的私事而已。」

程孟政也並不是真的想探討董欣霓的個人八卦，所以，他並沒有再三追問。

「妳一點也不好奇，我們要去的地點是哪裡嗎？」

「不是汽車旅館就好了。」

「哈哈哈，在公司只有妳敢這樣跟我說話。放心，就算要開房間，我也會訂五星級酒店。」

董欣霓對人心掌握頗有自信，她敢這樣開玩笑，也有試探程孟政的意味。她從他的反應中很確定，在他們相處的一個月內，這位新任統帥想要借助她這位大將的能力，而不是想和她搞曖昧。

「你找我自然是為了公事，而且，還是和你最近在公司祕密進行的大計畫有關，對吧？」董欣霓挑明說道。「你神祕兮兮那麼久，也該把計畫內容說出來了吧！」

「難怪，我老爹總誇妳是個聰明的女人。妳說得沒錯，環球今年度的最大開發案——猶大計畫，一直是我老爹畢生的心願。他沒能完成的夢想，將由我來為他實現。」

「猶大……計畫？」

「放心，這和宗教沒有關係。」看出董欣霓心中的疑惑，程孟政主動解釋道：「房地產業就是這樣，人人都罵我們無良，人人都在喊打房。妳不覺得，就像那個叛徒猶大一樣嗎？我老爹篤信基督教，我猜，他取這個名字，應該是想要給我們一個警惕吧！希望我們洗刷黑心的汙名，真心為民眾建設出一座幸福的家園。」

董欣霓敷衍地點了點頭，一副若有所思的模樣，她看了看窗外的景色，有逐漸往偏遠郊外的趨勢。「所以，這次，公司是買下了郊區的地皮，想規劃成一個大型豪宅區嗎？」

「比那更有意義、更了不起。」程孟政發下了豪語：「我們要造鎮！把一個沒落的小鎮，重新打造成受眾人矚目的觀光市鎮，吸引人潮與錢潮，帶動地方經濟與產業發展。」

「這可不是一件簡單的任務。」董欣霓知道這要投入多少成本、花費多少心血，很有可能會是個吃力不討好的工作。「評估報告與計畫都做好了嗎？」

像是早就預知到董欣霓的提問，程孟政拿了一疊厚厚的資料遞給她。董欣霓看了計畫的第一頁，不禁愣了一下，脫口而出：「宜蘭？」

「怎麼啦？看妳這麼驚訝。」

「喔，剛好前陣子休假的時候去過。」

「那正好，等一下到了現場，可以快點進入狀況。」

程孟政與董欣霓正在前往宜蘭的路上，隨著愈接近宜蘭，董欣霓的心中愈不安。

會不會又有機會再次遇見那個人呢？

她握緊了胸前的十字架項鍊，希望能賜給她心靈的平靜。

——————

開了兩個多小時的車，程孟政一點也不覺得累，沒有絲毫喘息的時間，最後，他們抵達了位於觀光區的一間大型度假村。他停好車後，對副座的董欣霓說道：「我在這兒訂了兩間房，名義上，我們是來度假，掩人耳目；事實上，我約了幾個金主，要在這裡的會議室討論資金的事。」

「你都約好了，我不會只是來當你的女伴吧？」

「那豈不是大材小用。」程孟政朝窗外揮了揮手，一名年輕女子恭敬地快步上前。「總裁，您需要的房間跟會議室，我都已經安排好了。」

「她是我的助理，叫她小豬就行了，我把她跟這輛跑車都交給妳。」程孟政自行下車，對董欣霓說道：「妳的任務，就是替我去計畫中的那座小鎮，設法讓他們同意開發案，無論用什麼手段！」

果然不是什麼好差事，董欣霓見識到這位新任總裁的任性作風。

——

這是冥冥之中注定的嗎？為什麼猶大計畫選中的小鎮，偏偏是那個人所在的地方呢？

跑車行駛在鄉間小路上，離那座小鎮還有一段距離，小豬身兼司機負責帶路，而董欣霓則趁這段時間，仔細研究程孟政的計畫書內容，盤算著要怎麼說服當地的居民與商家，配合環球集團進行造鎮計畫。

不急著個別拜訪，董欣霓先來到了里長辦公室。她知道，憑一個外地人的身分介入，是不可能打動那些土生土長的居民，以及祖傳多年的老店，必須要由一個可靠的、具有當地聲望的里長伯來從中牽線，至少，可以降低當地人的敵意。

里長伯一聽是大集團來訪，笑得樂不可支。對他而言，能提升這個小鎮的競爭力，增加就業機會，可是一件大大的政績。他對董欣霓自信地拍著胸脯，回應道：「董小姐，妳放心，我一定會努力促成此事。我想，鄉親們聽到這個消息，一定都很歡喜。」

董欣霓倒沒預設立場，她希望由里長伯安排一次公聽會，召集所有相關人士，主述這次的造鎮計畫。同時，她也想先試試水溫，看看大家的反應，再做進一步的打算。

在這個偌大的小鎮上，傳遞訊息倒不是一件難事，只見里長伯拉起麥克風，按了幾個按鈕，隨即，他的話語便傳送到街頭巷弄的各個廣播器裡，迴盪在方圓幾十里的空氣之中，刺耳的聲音讓董欣霓不覺捂住了耳朵。

廣播很快就起了功效，一聽到有贈品與小禮物相送，鄉親們的反應都很熱烈，紛紛群聚在里民活動中心。絕大部分的民眾都搞不清楚是什麼場合主題，還攜家帶眷來湊熱鬧。

在里長伯暖完場後，董欣霓便登台報告：「各位鄉親大家好，我是環球建設公司的營運總監董欣霓……」

趁著董欣霓在簡報的同時，小豬一一派發彩色影印的資料給大家看。顯然眾人比較關心的是額外附贈的精緻下午茶點餐盒，所以，也沒太多人仔細專注地聆聽。

其實，這一切正在董欣霓的計畫之中。表面上，是跟大家講解複雜的內容，但實質上，大家了解得愈少，反對的聲浪就愈低。用漂亮的話術來迷惑大家，一向是她擅長的伎倆。她先說一些關於造鎮後的美夢與未來，畫一個人人稱羨的大餅，本來，以為一切都很順利，直到她在螢幕上秀出未來的建築設計圖，被一個人不客氣地發言打斷。

說話的人正是娟婆婆，她可沒這麼好唬弄。她指著設計圖上的示意圖，質問道：「妳說，這是我們未來的小鎮，但我只看到兩旁的大樓，我們本來的店面去哪裡了？」

此言一出，大家也才認真地看著前面的圖示，努力辨識著自己的店面與住家。豬肉強也不禁站起來，好心提醒：「董小姐，妳忘了畫我們豬肉攤了啦！」

董欣霓沒有迴避問題，她知道這是遲早都要面對的，於是，她耐著性子解說：「透過這個造鎮計畫，我們會對原有的小鎮重新規劃，大家不用辛辛苦苦地經營店面，也可以得到更好的生活。」

「啊？所以，我的豬肉攤沒了？」

老劉也忍不住扯大嗓門抗議：「不行！我們祖傳三代的鴨賞炒飯，絕對不能斷送在我的手裡。否則，我怎麼對祖宗交代？」老劉搶下阿比手中的三明治：「阿比，別吃他們的東西！那些都是毒藥，要騙我們賣店的毒藥。」

「啊？」阿比面露可惜地望著那個才咬了幾口的三明治，他還是第一次吃到這麼好吃的三明治。

「大家請放心，我們環球會用高於市價雙倍的價錢跟你們收購店面。有了這筆錢，你們可以遷去其他地點，再設兩、三間比現在規模更大的店面，也不成問題。」

「不賣、不賣，說什麼都不賣！」勇伯雖然不太清楚狀況，但聽到要遷離自己的家園，當下也是反對到底。

「我就說，這些財團哪有那麼好心？他們就是想把我們大家趕走，大家千萬別中了她的計！」

大家鬧哄哄地輪番痛批，陸續散去，這場說明會最終以徹底失敗收場。

里長伯見狀，也對董欣霓感到很不好意思，連聲道歉，再三保證會找機會勸說鄉親。董欣霓沒多說什麼，她也知道，成功並不是一蹴可幾，要深入鄰里的心，本來就沒有那麼容易，是程孟政太心急了。

從董欣霓的臉上，看不出有太大的挫敗與沮喪，倒是一旁的助理小豬，眼睜睜地看著董欣霓被眾人羞辱，卻沒有加以反駁，讓小豬的心中充滿疑問，只是沒有說出口。

這位傳說中的「環球魔女」，老是掛在總裁嘴邊誇獎的女強人，難道只有這種程度而已？她雖然還是位新人，但早已耳聞董欣霓的種種事蹟，董欣霓可以讓腰斬的開發案起死回生，無論多難搞的地主，她都有辦法搞定，連在業界數十年的老前輩也自嘆不如。這個不過三十出頭的女人，到底是有什麼過人的本事？

可是，小豬失望了，原來董欣霓也不過爾爾，看不出她哪裡厲害，還以為可以從她身上學到一些高招呢！看來，見面不如聞名。

「總監，我們先回去稟報總裁吧！」

「妳先走，我想一個人在這附近逛逛。」

也許是無功而返，沒臉去見總裁吧？小豬只好自己上車離開。

董欣霓在打發了里長伯和助理後，便獨自走出了活動中心，沿途散散心，順便讓腦袋清醒一下。

走著走著，不知不覺間，她竟走到了閱樂書店的門口。猶豫了一會兒，她還是選擇進去，面對那個令她心煩意亂的男人。

「向書磊。」

再次呼喚另一個名字，楊墨成並沒有生氣，他的態度依然冷淡。「我記得，妳是董小姐，對嗎？妳又叫錯了我的名字。」

「是嗎？」董欣霓張望四周，並沒有看到其他的客人，正巧，今天杜可馨外出收書，也不在店內。「這裡並沒有其他觀眾，你還有必要對我演戲嗎？」

「我不是學戲劇的，演戲不是我的專長，真要我演的話，我一定是一個很爛的演員……」

「那天，我對可馨撒了謊。其實，我根本不相信，向書磊跟你不是同一個人。」董欣霓看著楊墨成，緩緩地說道：「我之所以沒有戳破你，是因為你演得太像了。不，你相信自己變成了另一個人，讓我很好奇，你到底發生了什麼事？」

「我真的不知道該怎麼回答妳。」

「那我換一個問題問你，你知道，為什麼我不在可馨的面前說這些事嗎？」

「妳的謎題都太難猜了。」

「我說你在演戲，坦白說，那天我也在演戲，演給可馨看。我跟她來這裡，只是想親眼看看你，至於我們之間的事，她最好不要知道。」

「我也不知道比較好。」

「好吧！那我就當你是楊老闆，能不能請你聽我說個故事？」

楊墨成顯然沒有興趣，但董欣霓不待他的婉拒，便開始回想過去，逕自說了起來。他們並沒有注意到，興沖沖來訪的阿比無意中撞見了兩人的會面，他們看似相談甚歡的模樣，在阿比的心裡埋下了一顆懷疑的種子。想像力的無限延伸讓這顆種子發芽，不斷地往外蔓延，一個陰謀論就此編織架構了起來。

而這一頭，董欣霓仍舊滔滔不絕地說道：「向書磊這個人不可靠，他一定會劈腿，把妳狠狠地甩了！」

董欣霓露出略帶悲傷的微笑。「這是我對向書磊的第一印象，也是對可婕的良心規勸。」

楊墨成靜靜地聽著董欣霓有如震撼彈的發言，他依舊保持沉默，沒有做出任何回應，任憑董欣霓帶著他回溯起當年的往事。

——

「我覺得，他不是這種人。」杜可婕躺在租屋處的床墊上，十分有把握地回答。

「妳的感覺沒有我準！」董欣霓說著說著，也躺在杜可婕的身旁。「妳要相信我，我有雙雷達眼，專認花心男！」

「我知道，妳以前曾經被壞男人騙過，所以，現在任何男人，妳都不相信他們是好人。」

杜可婕說得沒錯，董欣霓的上一段感情的確是被前男友狠狠地傷過，對方劈腿讓她驕傲的自尊受到重創。她從來也不避諱談及往事，更何況，都是相識這麼久的老朋友，兩人直來直往的對話早已經司空見慣，董欣霓也是有話直說。

「妳這個沒談過戀愛的小朋友，最容易受到男人的欺騙與傷害。我可不想妳重蹈覆轍，到時候抱著我一起痛哭。」

杜可婕見董欣霓說得認真，不禁笑了起來。

「妳別只顧著笑啊，我可是真心為妳好。總有一天，我會證明給妳看，這傢伙不是好人。」

「好好好，全世界只有妳對我最好！」杜可婕笑著抱住了好友，完全沒有正視董欣霓對她提出的警告。

「妳知道就好！反正，我會嚴格為妳把關，要是他真的做出什麼傷害妳的事，我一定會把他的頭用力地擰下來！」

董欣霓說到做到，那次以後，只要三人在一起的時候，董欣霓都緊盯著向書磊。要是他多跟其他女生講話，就會馬上被董欣霓制止。她故意用很酸的語氣諷刺對方：「喂，你好像對每個女人都很好，這樣是把我們的可婕放在哪裡了？」

向書磊露出了痞痞的微笑，故意回嘴道：「哪有？我對妳就挺不好的，因為妳對我實在是太兇了！」

董欣霓瞪大了雙眼，氣對方模糊焦點，居然還有心情跟她開玩笑，忍不住拉著杜可婕過來，要她幫忙評評理。

通常，都是杜可婕扮演兩人潤滑劑的角色。她也不明白，為什麼自己最要好的朋友和自己最親密的愛人總是針鋒相對，簡直像是先天就犯沖似的。

杜可婕的安撫與信心喊話並沒有起太大的作用，董欣霓愈來愈變本加厲，簡直比向書磊的正牌女友盯得還緊，無時無刻不盯著他的一舉一動。

雖然知道對方是為了自己好，但杜可婕也覺得董欣霓做得太過頭了，她一向是個隨緣的人，對於感情這件事，她也坦然面對，看得沒那麼嚴重。她不忍見好友這麼辛苦，勸告道：「其實，男友沒了就沒了，我並沒有那麼在意。」

「可是……」董欣霓沒有再繼續往下說，她知道，跟杜可婕爭辯是沒有用的，她得拿出具體的證據，才能佐證她的眼光沒有錯，狐狸總會露出尾巴的。

然而，向書磊與杜可婕在一起超過一年，什麼事都沒發生，也沒被抓到什麼把柄，這讓董欣霓覺得很嘔。

董欣霓也不知道自己為什麼這麼在意，是嫉妒好姐妹比自己先得到了幸福？還是痛恨向書磊搶走了自己的親密好友？她寧可相信，自己並沒有那麼邪惡負面，只是單純的杞人憂天而已。

直到有一次，杜可婕無暇趕回來參加妹妹的生日派對，託向書磊代為參加時，被董欣霓撞見了他正在跟杜可馨搭訕。吵雜的音樂聲讓董欣霓聽不清楚兩人談話的內容，但她親眼瞧見向書磊拿出了一條貴重的項鍊做為禮物。

杜可馨在半推半就下收下了禮物，隨即便被她的姐妹淘們簇擁著離開。鐵證如山，董欣霓再也無法按捺住自己的怒氣，衝上前去質問：「你這是什麼意思？你哪個女人不好選，偏偏要對可婕的妹妹下手！你知不知道，要是可婕發現的話，會有多傷心？」

「妳誤會了……」不聽完向書磊的解釋，董欣霓竟衝動地打了他一巴掌，她也被自己失控的舉動嚇到了。

向書磊看向她，無辜的臉龐中流露出一股同情的眼神，董欣霓覺得自己有種被羞辱的感覺。

她並不可憐，所以，不需要他的施捨！

她沒有道歉，也沒有留下來繼續聽向書磊的辯駁，而是氣得掉頭就走。

深夜的大街上，只剩下馬路上的計程車從身邊呼嘯而過，兩旁的店家早已關門，昏黃的路燈光線照在櫥窗內的模特兒假人身上，更顯得詭異莫名。幾名無家可歸的遊民在街頭遊晃，翻找著垃圾桶裡的食物，獨自夜歸的董欣霓刻意避開他們，選別條路走。

董欣霓一個人走在寂靜的小巷弄裡，孤獨感在夜色的包覆下找到了空隙，偷偷鑽進她的心房，瓦解了一向冷靜自若的女強人，讓此刻的她害怕到連身體都在微微顫抖。

她開始後悔，今晚不該忘了開車、不該去那個該死的生日派對、不該多管閒事，插手杜可婕和向書磊的感情世界，最不該的就是打了向書磊那一巴掌！

一想到這裡，董欣霓驟然停下了腳步，沒想到，自己竟然會做出這樣的結論。曾幾何時，向書磊在她心中的分量變得如此之重，她甚至在乎他多過於自己的好友杜可婕。

她搖了搖頭，揮開了這個荒謬的想法。她認真地反省，一定是自己太寂寞的關係，才會嫉妒杜可婕與向書磊在一起。距離上一段感情，也已經有一年半之久，這段期間，她都不曾和異性出去約過會。或許，好友在自己人生的比例已經過重，不能再把杜可婕當作拯救她的浮木了。

從現在起，董欣霓要試著走出去，踏出感情的第一步，就算隨便愛上一個男人都好！

對！只要下一個男人出現，她一定會好好把握！

就在這時，一個人輕拍了董欣霓的背。她一回頭，沒想到，在她眼前的不是別人，就是向書磊！

他偏偏選在一個最不恰當的時機現身，她好不容易才想振作的，這個男人偏偏又打亂了她的步調。當她與他再度面對面時，現下最脆弱的董欣霓再也無法克制住自己的情緒，她的眼淚奪眶而出。「你跟著我做什麼？」

向書磊還是維持一貫的溫柔體貼。「這麼晚了，一個女孩子回家很危險的。

看妳平安到家，我和可婕才都能放心。」

「我不需要你對我假好心！」董欣霓挑明地說道：「就算你很愛可婕，我還是一樣不會相信你！你這種壞男人，最後一定會背叛她！」

向書磊被連番指責的董欣霓不斷逼退，直到已無其他退路，他靠在一面牆上，舉起雙手投降。「ＯＫ、ＯＫ，妳說得都對，我的確是個無可救藥的壞男人，我的確是個不值得人愛的負心漢，我的確是個……」

雖然向書磊也順從地附和了她的說法，但董欣霓卻一點兒也不開心，反倒愈來愈難過，情不自禁地哭了出來。

向書磊真是個失敗的安慰者，因為他說得愈多，董欣霓哭得愈傷心。好像說什麼都是錯的，他有些手足無措地抓了抓頭，說道：「妳別哭嘛！大不了，我以後也對妳好一點……」

後來向書磊說些什麼，她並沒有認真地聽進去，耳朵只聽到嗡嗡作響，讓她覺得好吵、好吵！

可以不要再說話了嗎？

董欣霓只想讓他閉嘴，只要能讓他不再繼續出聲，任何方法都好。忽然，她衝動地抱住了向書磊，將自己的脣堵住他的嘴，用力地吻著對方。

向書磊被董欣霓的舉動嚇了一大跳，可是，他並沒有嫌惡地推開，任憑她吸吮著自己的嘴脣。

那一夜，兩人發生了不應該發生的親密關係。

看著向書磊在自己的床上起身，慢慢扣起襯衫的釦子，彷彿昨晚的錯誤並沒有發生一般。還躺在棉被裡的董欣霓忍不住發問：「你為什麼要這樣？」

「妳不是一直都想證明我是個爛人嗎？現在這樣，妳就高興了吧？」

聽見他這麼回答，董欣霓卻有種心痛的感覺。她衝上前去，從後面環抱住了他，沒有說任何話，也不想說任何話，就只是想靜靜地維持著這樣的動作，感受到另一個人的溫度，沉浸在這一刻的美好。

是啊，她是證明了向書磊的不忠實，可是，卻付出了背叛的代價，做出了罪無可恕的事！

她背棄了好友杜可婕，注定從此將被罪惡感纏身。即便是如此地萬惡不赦，即便自己也成了口中常痛批的爛人，但董欣霓並沒有後悔。莫名的幸福感讓她的嘴角揚起了微笑。

她已經有好久、好久不曾笑得這麼開心了！直到現在，她還記得那一天早餐的起士蛋糕是多麼地美味、多麼地濃郁。

就算那是搶來的幸福，一份本不該屬於她的感情，她也不願意放棄。拋開了道德感與羞恥心，她和向書磊一直偷偷地維持著這段地下戀情，這也成了兩個人最不能說出口的祕密。

——

「說完了嗎？」楊墨成打斷了董欣霓的回憶告白。

「如果你承認自己是向書磊，我就沒必要再說下去了。」

「謝謝妳分享了向書磊這個劈腿男的故事。聽完以後，我還挺慶幸自己不是他，我倒是想反問妳一個問題。」

「你儘管問吧！」

「要是他真像妳所說的是個大爛人，妳為什麼還要找他？對這種人應該要避不見面才對吧？妳就不要管他，讓他自生自滅就好啦！」

就算已經掏出真心，剖析那段不堪的過去，他還是那副陌生人的態度，這令她的心頭燃起了一把無名火。

「我可以跟全世界公布我的醜事，我也可以和向書磊斬斷所有的關係。」董欣霓頓了一下，續道：「但我絕不容許，只有我一個人背負這個沉重罪惡的十字架，整天到教堂禱告，卻還是換不來心靈的寧靜，而向書磊卻可以繼續裝傻，過著逍遙自在的日子！」

「搞不好，他也很痛苦，也整天活在後悔之中。」

董欣霓語氣帶著憤怒：「我沒看到就不算。」

「如果妳不拋開過去，遲早會毀了自己。」

「我早就已經毀了，我不在乎！」

「那妳又為什麼要上教堂，借助信仰的力量呢？」楊墨成點出了董欣霓話中的矛盾。「其實，在妳的心裡，還是渴望得到救贖的，是吧？」

董欣霓一時語塞，無法反駁楊墨成的話，她沉默了好一會兒，又說道：「你聽過《聖經》裡關於約伯的故事嗎？」

她沒等對方回應，逕自說起這個故事的大綱：「約伯是上帝最忠誠的信徒。撒旦不信，和上帝打賭：『只要奪走約伯所有的好運，讓他遭遇不幸，他就會背叛你。』於是，上帝允許撒旦盡量傷害約伯，搶走他所有的財產，殺掉他所有的親人，還讓他染上致命的絕症。就算上帝給了約伯這麼多的苦難與考驗，讓他非常痛苦，他也不曾動搖過自己的信念。」

「這故事我聽過。」楊墨成的表情變得嚴肅起來：「它給了妳什麼啟示嗎？」

「我，就是故事裡的撒旦。」董欣霓突然用力扯下脖子上的十字架，丟向楊墨成，打中了他的額頭，十字架應聲摔在地上。

「而你不配當約伯，因為你失敗了，你沒有通過我給你的考驗！最後，你還是背叛了可婕。」

楊墨成依舊冷靜如水，彷彿這些話都跟他一點關係也沒有，他只是個徹頭徹尾的局外人，然後，他提出了自己的觀點。

「在這賭注裡，撒旦贏了，可以得到什麼好處？」

董欣霓一愣，想了一想，說道：「什麼好處都沒有。」

那一瞬間，董欣霓的表情超越了憤怒，她看著楊墨成，留下冷血的微笑。

「只會讓她找到一個……可以陪她一起下地獄的男人！」

深夜時分，在小鎮上的一間卡拉ＯＫ裡頭，正爆出一道嚴重走音的歌聲，卻贏得了如雷的掌聲與歡呼，因為握著麥克風的人，可是本地赫赫有名的角頭，

綽號黑龜，家中三代開宮廟，鎮上的人十個有九個是廟裡的信徒，勢力甚至延伸到鄰近的小鎮，就連議員都得來巴結他。

為人海派的黑龜平日交遊廣闊，身邊聚集了來自三教九流的兄弟，讓他走到哪裡都威風凜凜，三不五時就號召一群人唱歌喝酒，當然，也不免叫幾個年輕美眉來陪酒狂歡。今天比較特別的是，有一位氣質遠勝於酒促小姐的大美女，主動來找黑龜喝酒，而她正是董欣霓。

不愧是見過世面的環球集團營運總監，董欣霓即使被這群粗俗的地痞流氓團團包圍，也毫無懼色。隻身赴會的她已經喝了不少酒，臉泛潮紅，眼神有些迷離，那一襲將她身材曲線包裹得緊緊的套裝，上排釦子也解開了好幾顆，露出胸前雪白的肌膚。

「你敢不敢跟我比？要是我比你先乾完整瓶，你就得答應我的要求。」

黑龜正欣賞著董欣霓的美色，一名手下擅自舉起酒瓶：「不用黑龜大仔出馬，我來跟妳比！」

董欣霓出手如電，飛快地打了那名手下一巴掌，喝斥道：「我只跟黑龜大仔喝！」

那名手下正要發怒，突然被黑龜一掌用力推開，狼狽地摔倒在地上。只見黑龜起身，與董欣霓面對面：「我黑龜愛鄉愛土，從不圖利財團，別想要我隨隨便便就支持你們的開發案……不過，我很佩服妳的膽識。」

「所以，你怕了嗎？」

「我是怕妳輸了，沒人送妳回去喔！」黑龜不懷好意地笑道：「只能讓妳睡我家了。」

董欣霓自傲地說道：「不用你操心，我跟客戶拚酒，可是從來沒輸過。」

「台北人那種喝法太弱了，好，我就讓妳見識一下我們在地人的酒量！」

董欣霓與黑龜賭上彼此的尊嚴，兩人各舉起一瓶滿滿的威士忌，直接對嘴灌了起來，一場拚酒大戰火熱展開。

時間一分一秒流逝，黑龜拚老命喝下了半瓶後，先停下來喘口氣，並偷看董欣霓的反應，她雖然喝得比他多，可是身體卻再也撐不住了。她不自覺地放掉了手中的酒瓶，整個人往後一仰，癱軟地倒在沙發上，醉得不省人事。

勝負已分，黑龜搖搖晃晃地走上前去，觀賞著董欣霓昏睡的迷人模樣，得意地笑道：「哈哈哈，好久沒看到這麼好強的女人，可惜還是太嫩了。」

黑龜伸出雙臂，一把將董欣霓抱了起來，接著，將她像個沙包一樣地扛在肩膀上，不忘拍了拍她的屁股，吃點豆腐做為獎賞。

「不過，這女人還滿有意思的。」

黑龜正要帶董欣霓回去，剛走出店門口，一輛跑車橫擋在路中央，駕駛便是董欣霓的老闆程孟政，他下車的第一件事，就是開口向黑龜要人。

「不好意思，我的屬下給你添麻煩了，我帶她回去就行了。」

黑龜認得程孟政，也知道他背後有財團當靠山，沒有多說什麼，便將昏迷不醒的董欣霓丟給他，轉身與手下們揚長而去。

程孟政讓董欣霓躺在車子後座上，隨即坐回駕駛座，開車駛離現場。

車子才開沒多久，程孟政瞥見後照鏡中的董欣霓坐了起來，他一回頭，瞧見她整理起亂掉的頭髮，並一顆顆扣回了上衣的鈕子。

「原來妳沒醉。」

「你這時候出現做什麼？」董欣霓語帶責怪道。

程孟政恍然大悟：「糟糕，我壞了妳的計畫嗎？」

「就算你不來，我也不會讓黑龜得逞。愈是得不到的女人，他才會不惜一切代價來討好我。」

「妳常用這種招數嗎？」

「你不曉得嗎？一招無往不利，這就是環球魔女的祕密武器。」

「喔，這算是妳的商業機密囉？那為什麼要告訴我？」

「不為什麼。」董欣霓淡淡地回答道：「只是想要有人知道而已。」

這些年來，她善用自己的美色，以及掌握人心的技巧，一步步爬上了今日的地位。然而，那些招式在杜可婕失蹤後，全數被她封印了起來。要不是今天受到楊墨成的刺激，她其實不想讓它們解禁。

既然把話說白了，董欣霓也挑明對程孟政說道：「如果是以前的我，也會對你施展同樣的招數，設法勾引你、利用你，直到得到我想要的東西。」

「那現在的妳，為什麼不這麼做了呢？」

程孟政踩下剎車，轉頭看向董欣霓，對方的臉緩緩地靠近他，近到兩人幾乎要接吻的距離。

「因為，我不再像以前那麼貪心了。」

董欣霓轉過頭去，看向窗外的黑夜，離黎明似乎還很漫長。

自那一晚後，環球魔女再度甦醒了。

董欣霓開始發揮昔日的實力，很快地，她就跟黑龜打好了關係。有了他的協助，加上財團的後盾，她著手策反當地的鎮民，部分被利誘的鎮民不但賣掉房產，還成為她的走狗，去遊說其他的住戶。

在她的唆使下，鎮民們為了利益勾心鬥角，純樸的心逐漸消失。也許，在其他人的心中，董欣霓是個魔女，但在程孟政的眼中，她無疑是一名最能夠為他攻城略地的大將。

「有妳在，猶大計畫的實現指日可待。不過，我老覺得這名字不好聽，會帶給人們負面的觀感，也許應該換個名字才對。」

「你誤會了，總裁。」董欣霓忽然糾正道：「其實，猶大並不是我們想像中的叛徒。」

「喔？什麼意思？」

董欣霓有感而發地說出了她的論點：「猶大也許背叛了耶穌，但他並沒有背叛上帝，那一場最後的晚餐，是上帝給他最艱鉅的考驗，而他最終也達成了，他才是十二門徒之中最虔誠的人。」

程孟政一臉不解，不知道為什麼董欣霓要跟他說這些，事實上，她自己也不明白。或許是，一個人憋了太多的心事，需要找個出口宣洩才不會爆炸吧！

董欣霓大步走出了辦公室，她的態度堅定，沒有一絲猶豫。

沒錯，這就是她的猶大計畫！她就是那個猶大，必須忍受著背叛者的汙名，但她的內心深處還是渴望被瞭解，希望最終依然能夠得到上帝的寬恕。

第六章
小說解密

閱樂書店裡總是可以發現很多隱藏的祕密，它本身就像是一本謎語書，處處都透露著玄機。舉個例子來說，在店裡有一排奇妙的書架，起初，杜可馨都把它叫作魔法書架。

話說那一天，她被楊墨成用《過於喧囂的孤獨》擺了一道，為了避免再被這個壞心眼的老闆瞧不起，她決定開始閱讀店裡的書。當然，她不可能全部看完，但抱持著多看一本是一本的心態，經過一番挑選後，她挑了《老人與海》這本書，既是經典文學，內容又還算易讀。於是，她一邊吃著下午茶點，一邊看書。沒多久，有客人上門，她便起身招呼，順手就將那本書放在方才所坐的板凳上。

後來，事情一件接著一件，她暫時忘了《老人與海》的老人到底出海捕魚了沒，直到她偶然經過那排書架，赫然看到那本《老人與海》竟好端端地擺在書架上。她再看向板凳處，上頭已空無一物。

該不會這本書自己會飛回去吧？她寧可相信，是她的記憶力不好，也許是她無意間又放回去了。

然而，真正的怪事還在後面，因為，有問題的並不只那一本《老人與海》。那排書架擺的書包括了張愛玲的《傾城之戀》、索忍尼辛的《伊凡．杰尼索維奇的一天》、聖修伯里的《小王子》等等，還有她第一次進書店時拿的那本《楊牧詩集》，也在這些書之中。有一次，有個臭屁的眼鏡仔站在這排書架前，突然大笑了起來，讓杜可馨一頭霧水。

「呃……這位客人，請問，有什麼好笑的嗎？」

眼鏡仔冷冷地批評道：「本來，我看你們這家店挺有文藝氣息的，沒想到，竟然連書都不會分類。怎麼可以把中文作家的書跟翻譯小說混在一起呢？果然，這只是一間舊書回收攤。」

杜可馨只能紅著臉，慌張地把書架上的書重新分類。結果，愈擺愈亂，擺到最後，連自己也不曉得這是哪一國的分類法了。

哪知道隔天，那些被分散在不同書架的書竟全部自動恢復原狀，又在那一排書架上，按照著原本的位置排列整齊，像是被施了哈利波特的魔法一般。

等到驚奇的反應慢慢消退了，杜可馨燃起科學實驗的精神，決定要找出真相。第一步，她用手機先拍攝了一張魔法書架的照片；第二步，她抽出那本《老人與海》，刻意放在板凳上；第三步，躲到店外的牆邊，從窗戶外監視那本書，要看看它到底是怎麼回到書架上的。

半小時後，答案揭曉。有個人泰然自若地走進來，瞧見板凳上的書，本能就將它拾起，放在那個書架上《傾城之戀》的隔壁位子，彷彿那是《老人與海》專屬的位子，不允許有任何更動。擺書的那個人並不是哈利波特，而是楊墨成。

杜可馨有如逮到兇手的警探，衝上前去質問老闆：「等一下！你書為什麼這樣亂放？」

「不對吧！」楊墨成一臉無辜地回答：「亂放的人明明是妳啊！」

「那個……有人說，你的分類法大錯特錯！虧我還以為你很懂書呢！」

「這是我開的店，我高興怎麼擺書就怎麼擺。總之，這排書架每一本書的位子都是固定的。妳不准亂動！」

「難道客人也不准動嗎？如果他們買走了呢？老闆，你不會跑去人家的家裡偷回來吧？」

「說什麼傻話？賣了一本書，我會再補一本一模一樣的上去。不用妳操心！」

之後，不管杜可馨再追問關於這個書架的事，楊墨成都只會跳針式地回答，顯然是不想告訴她謎底。連這點小祕密都要賣關子，更何況是綁在這間書店背後那些更複雜的謎團，像是他選中這間店面的理由是什麼？資金從哪裡來？書店如何營利等等。而最大的祕密，莫過於老闆本人，他到底是姐姐的前男友向書磊，還是來歷不明的楊墨成？

每當晚上八點一到，閱樂書店正式打烊。照例，楊墨成會從唱片箱裡挑選出一張黑膠唱片，輕輕地放在古董唱盤上，懷舊的歌聲流洩而出，唱起今天的關店曲。

「今天的歌也好難聽喔！」杜可馨也照例大聲嚷嚷，抗議老闆的音樂品味。

楊墨成微微一笑，一貫不解釋也不反駁，他懶得理這個不懂得欣賞的女孩。

其實，杜可馨沒察覺到，這也是閱樂書店的另一個謎。再過不久之後，她就會在無心插柳中找到答案。

店門剛關，楊墨成吩咐身旁的杜可馨道：「隔壁村的林老師要搬家，說有一批舊書想賣給我們。妳記得明天過去收書。」

「我明天要請假。」杜可馨忽然說道。

「妳怎麼現在才說？」

「我本來是明天才要跟你說，既然你提早問了，我就只好現在說囉！」

楊墨成哭笑不得，不過也拿她沒辦法。反正，書店多一個人不多，少一個人也不少。他不在意店內的工作，倒是問起她的請假動機：「妳是要去哪兒玩？跟男朋友約會嗎？」

「我沒有男朋友，上一個已經分手很久了。」

楊墨成碰了個軟釘子，沒有再多問什麼。他心裡有數，這個女孩不想告訴她真正的理由。

他猜對了，杜可馨明天的行蹤，絕對不能被楊墨成知道。她等一下就要搭夜車返回台北，她身上的包包裡裝的不是土產，而是這些日子以來，她所蒐集到的調查情報與線索。雖然回到家後，免不了會被父母問東問西，想探聽她在宜蘭做了些什麼事，但她給了一個最簡單的說法，那就是她在宜蘭找了一份工作。隨即，她便擺出旅途勞累的模樣，鑽進棉被裡睡覺。經過一晚的休息，她精神奕奕地出門，前往鶇日出版社找梁立芸。

杜可馨把手邊所有的資訊，一五一十地告訴了梁立芸，尤其是關於閱樂書店與楊墨成的事，希望能聽取這位編輯的意見，試著從中找出姐姐的行蹤。

梁立芸當下展現出自己的文學底子，她最先關注的是那排神祕的書架，並仔細端詳著杜可馨所拍攝的照片。

「怎麼樣？妳看出這書架有什麼古怪了嗎？」杜可馨問道。

「古怪倒是沒有，但你們老闆把張愛玲的《傾城之戀》跟海明威的《老人與海》排在一起是有道理的。因為，張愛玲是第一位將《老人與海》翻譯成中文的作家。除此之外，《傾城之戀》與《老人與海》這兩本書講的都是一種對抗，都是一個人如何去對抗自己的命運……」

「簡單說來，就是他在賣弄自己很懂文學，是嗎？」杜可馨的話鋒一轉：「可是，我們好像不應該搞錯重點。他愛怎麼把書歸類，是他個人的喜好。我只是不懂，他為什麼堅持不能移動這排書架？……難不成，像電影演的那樣，書架中有個開關，可以打開書店裡的密室？」

「如果真有什麼機關，那架子上的書應該連拿都拿不出來。怎麼妳既可以把它們放到其他書架，而他又說可以拿去賣人呢？」梁立芸否定了這個可能性。

「也對。要是真的有密室，我會笨到沒有發現嗎？」杜可馨一邊說，一邊敲著腦袋。她也沒發現自己這張臉怎麼看都與聰明人無緣。

「或許，我們沒有搞錯重點。」梁立芸提出一套獨特的見解：「楊墨成似乎視文學為一種自我的信仰，甚至隱藏真實的來歷，把小說故事當成記憶。既然這樣，那我們就配合他，用文學理論的方式來分析他。」

杜可馨的頭更昏了。「……這我就外行了，要怎麼做呢？」

「首先，小說中的每一個人物，都有作者為他設定好的出身背景，以及他在這個故事裡被賦予的意義。他就只為了這個意義而存在。」

「那麼，楊墨成這個人物存在的意義是什麼呢？」

「這就要問妳了。畢竟，妳每天都在看著他。」

「妳這樣講好奇怪喔！我又沒有一直盯著他看。就算有，也是在監視他。」杜可馨紅著臉解釋，話才剛說出口，心裡就忍不住在想，自己幹嘛要辯解呀？

「就妳所見，妳覺得，他是否活在痛苦中呢？」梁立芸的語氣像個醫生似的：「是否有憂鬱的傾向？他常壓抑情緒嗎？總是悶悶不樂嗎？」

「看不出來耶！他過得很散漫，老是吊兒郎當的。有時候說話很賤，一抓到機會就取笑我，還一副很樂的模樣，真討厭！」

梁立芸有點失望。「是喔，那他大概不是小說裡的主角了。」

「為什麼？」

「想要當一部經典文學的主角，就必須承受人生的苦難，超越自己的宿命，等待獲得最終的救贖。」

一聽就是很艱澀深奧的理論，難怪杜可馨與文學形同陌路，這種角色跟她這種直來直往的性格完全不符。為什麼作家老愛用這種隱諱的方式來表達情感？想說什麼就說什麼，不是很好嗎？

可是，想要瞭解楊墨成，偏偏就得學會這一套。

「我想到了一個點子，妳可以試試看。」梁立芸將她的想法說了出來。杜可馨專心地聽著，不時點頭如搗蒜，因為，這個方法她這輩子從來沒做過。她認真地抄下筆記，一寫就是滿滿的好幾大頁。

這場兩人會議的最後，梁立芸做出了總結：「現在，我們就把自己當作讀者，而楊墨成就是小說裡的一個人物，閱樂書店則是故事裡的場景。好，我們閉上眼睛，這個故事開始上演了……」

在梁立芸的引導下，她與杜可馨都將雙眼微閉，在腦海裡想像著故事的畫面。

「有一個外地來的男人，在偏僻的小鎮上開了一間二手書店……我們會期待看到什麼？是他一個人在店裡發呆嗎？不對，那太難看了！所以，開書店不是他存在的意義。如果，要讓描述書店的故事有可讀性，最重要的是什麼？」

杜可馨閃過一個想法，答道：「要有客人上門。」

「沒錯，這就是他存在的意義。」梁立芸睜開了眼睛，恍然大悟道：「他在等一個期待已久的客人。」

隔天，杜可馨收假返抵宜蘭。一路上，她思索著，假如，楊墨成開書店是為了等待一個客人，那個客人會是誰？這個問題並未困擾她太久，因為，她馬上就有了自己認為的答案。

他是在等姐姐嗎？

一定是的。她心想，雖然他不承認楊墨成等於向書磊，但從他的所作所為，在在暗示著他與姐姐有某種關連。

這也意味著一個壞消息與一個好消息，壞消息是楊墨成恐怕也不曉得姐姐在哪裡，否則，就不需要特地開一間書店來等她。不過，好消息是，杜可馨對他的好感度直線上升了。

她愈想愈感動，不管他是楊墨成還是向書磊，都願意為了姐姐付出這番心力，從無到有創立這間閱樂書店，然後，每天痴痴地等待著姐姐上門。這是多麼浪漫的故事啊！

一天之內往返於都市與鄉村，她大步地走在產業道路上，一點兒也沒有要去上班的感覺，心情輕鬆得想要跳起舞來。她已在不知不覺中喜歡上這座小鎮的純樸與自然。在台北，有太多令人心煩的事，只會讓她回想起糾纏著她的無數挫折與失敗。

她迫不及待地回到書店，正當她一轉進巷口的時候，遠遠就看見一個白洋裝女子的背影出現在書店的門口。她長髮飄逸，身形纖瘦，素雅的洋裝襯托著老街的景致，有如一張旅遊書上的攝影照。

那一剎那間，杜可馨整個人像是被電到似的，忍不住叫了出來：「姐姐！」

她立刻衝向白洋裝女子，對方一開始沒意會到她是在叫自己，等到聽見急促的腳步聲逼近時，這才轉過身來。兩人一照面，杜可馨發現，對方並不是姐姐。

那名白洋裝女子的相貌清秀，散發出脫俗的文藝氣息，無疑是位美女，也因此，杜可馨多看了她一眼。老實說，她跟姐姐除了身形之外，均無其他相似之處，純粹只是她剛剛正好在想姐姐的事情，才造成了這場誤會。

「對不起，我認錯人了。」聽到杜可馨的道歉，白洋裝女子微微一笑，表示並不介意，隨即便轉身離去。

等到白洋裝女子消失以後，杜可馨忽然心生一個疑問。那個女子方才是從閱樂書店裡走出來的嗎？她是誰？只是單純逛書店的客人嗎？這個念頭不一會兒就從她的腦中散去，畢竟，她還有更要緊的任務必須執行。

於是，杜可馨又重新回到工作崗位上。當然，楊墨成沒有察覺到，她正在醞釀一個適當的時機，準備挑戰老闆背後所隱藏的種種謎團。

就在某個無所事事的午後，杜可馨出手了。她說出自己在心裡練習了很多遍的話：「老闆，我已揭穿了你的陰謀！」

「妳發什麼神經？我有什麼陰謀？」

「上次，你把《過於喧囂的孤獨》裡主角的故事，講成是你自己的過去。其實，你是想騙我看書，對不對？」杜可馨一臉感激地說道：「老闆，為了員工，你真是用心良苦呀！」

楊墨成不曉得杜可馨的葫蘆裡賣的是什麼藥，姑且配合道：「知道就好。這是身為閱樂書店的員工應有的訓練。」
「不過，光是看書還不夠。我想學寫作，而且，還要寫小說。」
「很好啊！那妳就寫呀！加油！」
杜可馨迅速接到了正題：「老闆，你知道什麼是小說接力嗎？」
「嗯，就是一個人起頭寫一段小說，後面的人可以自由發揮，把這個故事接力寫下去。」楊墨成說到一半，猛然醒悟道：「等等，妳不會是要我跟妳一起寫吧？」
「沒錯！我一個人寫，那多沒意思！老闆，拜託嘛！你忍心拒絕一個這麼有上進心的員工嗎？」杜可馨裝出一副可憐兮兮的模樣，讓楊墨成無法招架。
「好啦！反正，妳先寫，我再接著寫，行了嗎？」
得到楊墨成的同意，杜可馨心中暗喜，她達成了計畫的第一步。其實，她早在台北的時候，就跟梁立芸合力寫好了這部小說的開頭。當然，這事不能讓楊墨成知道。所以，她在過了一天以後，才把那份手稿交棒給楊墨成，裝作是自己熬夜完成的作品，上頭寫道：
從前從前，有一個小男孩，他的夢想就是開一間書店。後來，他終於長大了，打算要實現他的夢想。但是有一天，他早上醒來，突然發現一個很嚴重的問題。他忘記自己為什麼要開書店了？於是，他開始出發去旅行，尋找能夠為他解答的人。終於，他遇到了一個很可愛、很善良，而且還很會跳舞的女孩。她告訴他說……

「就這樣？沒了？」楊墨成捧著稿紙問道。

「後面就是要你接力的部分啊！」

楊墨成沒想到小說的內容會是如此，但既然答應要寫，也就只能接下這個棒子。第二天，他沒有直接把稿子交給杜可馨，而是放在書架的一處空位上，讓她自己去取稿。

「真是彆扭的傢伙。」雖然杜可馨酸了他一句，但拿到稿子後，還是免不了感到興奮，趕緊打開來閱讀：

……那個很可愛、很善良、很會跳舞的女孩告訴他說，你知道自己長得很帥，可是，只有帥是不夠的。女孩子更喜歡又帥又愛看書的男孩，這就是你為什麼要開書店的理由。

杜可馨覺得自己被耍了。她不死心，回去以後，費了一番工夫，好不容易才寫出續篇：

他覺得，這不是真正的答案。於是，他又繼續往前走，結果，遇到一個可怕的巨人。巨人說，他一拳就可以把對方打到月球上去。快告訴他！為什麼要開書店？

又過了一天，楊墨成的稿子完成，上頭寫道：

他告訴巨人，他想起來了。他之所以要開書店，是認為讀書可以讓他懂得用智慧去解決問題，而不是濫用暴力。巨人聽了很慚愧，便落荒而逃。

糟糕，她的動機太露骨了。是不是被老闆察覺到了呢？杜可馨後悔寫了上一篇，下一篇絕對不能再亂寫了。她想了好幾天，遲遲沒有靈感，直到某天在整理書架的時候，她靈光一閃。那一刻，她體會到文思泉湧是什麼樣的感覺。於是，她當下拉了一張板凳，窩在角落裡就寫了起來：

他走了好遠好遠的路，還是沒有找到答案。就在這時，他恍然想到，他從小就有寫日記的習慣。所以，他千里迢迢地趕回家裡，找出了那本日記，而為什麼要開書店的理由，就寫在上面……

這一次，輪到楊墨成拖稿了。兩天後，杜可馨才又收到稿子。也許是她打破沙鍋問到底的執著，打動了他頑強的心防，這篇小說的風格出現了變化：

……日記上寫著，他的爸爸媽媽總是逼他看書，希望他成為一個很會念書的人。可是，他不想變成那樣的人。他開始討厭看書，於是，他決定每睡一次覺，就要把念過的一本書給忘了。沒想到，有一天醒來，他的腦袋裡空空的，什麼都沒了。他好後悔，這才發現爸爸媽媽說的話是對的。所以，他要從頭開始讀書，甚至開一間書店，好讓自己變成一個愛書的人……

杜可馨著迷地重複閱讀著這段文字，久久無法回過神來。透過小說文字的交流，她總算有機會接觸到楊墨成的內心世界，一股成就感在她的心中油然而生。

「姐，我做到了！沒想到我也可以寫作！」

燃燒起鬥志的杜可馨在為自己精神喊話後，又繼續埋首於寫作中，努力在稿紙上一個字、一個字地爬格子，儘管對她來說，這比跳舞還累上一百倍。

八點半，又到了關店的時間。今天跟平常有些不一樣，楊墨成沒有起身去拿黑膠唱片，而是對杜可馨說，他要多留一會兒。她沒想太多，便獨自揹著包包走出店外。

她一邊走，一邊苦惱著下一篇小說要怎麼寫比較好，就在她快走到巷口時，背後響起了音樂聲。她一回頭，入夜的閱樂書店裡唱起了旋律陌生的晚安曲。

真難得，今天放的歌還滿好聽的。

杜可馨第一次跟楊墨成的品味同步，她掉頭走回店裡，想問他這是哪一首歌，她要回去上網找來聽。

然而，她才走到店門口，瞬間就停下了腳步。她不敢相信自己的眼睛，透過玻璃窗看進去，楊墨成竟然靠在書架上哭泣。她從未見過他的臉上露出這樣悲傷的表情，也沒見過一個男人可以流出這麼多的眼淚。

原來，梁立芸說得對。他也有痛苦的一面，只是不願意被人看見。

可馨看著看著，也陪著他掉了幾滴眼淚。她沒有吵他，靜悄悄地走開，穿過巷弄，走進「老劉的店」後門。一回到她的閣樓，她第一件事情就是提起筆，在稿紙上寫下了小說的續章：

……他闔上了日記本，因為，那些理由一點兒都不重要。他不再追尋過去，就這樣開了這間書店。雖然他還是沒想起來，其實，他是為了等一個女孩，等她發現這間店，等她走進店裡來。直到有一天，那個女孩終於出現在店門口……

她只寫到這裡就停筆。她給了楊墨成一個美麗的開頭，希望讓他替自己跟姐姐寫一個幸福圓滿的結局。

但小說終究是小說，現實往往不能盡如人意。

天剛亮，杜可馨不但沒有賴床，還提早梳洗完畢，換好衣服。她急著想讓楊墨成看她的稿子，甚至連早餐也沒吃，就匆匆忙忙地帶著手稿跑出門外。

沒想到，就在閱樂書店的那個巷弄，她目擊到一個令她困惑又尷尬的景象。那名白洋裝女子又現身了，她正依偎在楊墨成的胸前，兩人擁抱在一起，狀似親密。這一幕，看得杜可馨不知該上前還是往後，結果，她一步也動不了。

寫作的靈感偏偏在最不該來的場合，擅自從杜可馨的腦中冒出。難道說，楊墨成開這間書店，不是為了姐姐，而是為了這個白洋裝女子。他跟她又是怎麼樣的故事呢？是被家人反對的情侶，私奔跑到東部來隱居？還是一度分手的愛人，在多年後意外重逢？

無論是哪一種發展，都不是杜可馨想看的情節。

杜可馨呆若木雞地站在原地。不知過了多久，直到白洋裝女子飄然遠走，楊墨成這才注意到杜可馨的存在，但他沒意識到，自己的行為已在這個女孩的心中掀起了不安的波瀾。

楊墨成走到杜可馨的面前，用他平常跟她相處的模式，伸手拍了一下她的額頭：「妳是不是吃錯藥了，一大早就來上班……喂，妳發什麼呆？該不會是在夢遊吧？」

「對啦！我是在夢遊啦！最好是我什麼都沒看到！……楊墨成！你到底還要裝多久？」

杜可馨大聲罵完，赫然想起手裡還拿著那份稿子，只覺得這東西既多餘又累贅，氣自己幹嘛要帶它出來。她一時失控，竟把稿子直接扔在他的臉上。頓時，紙頁飛散，在半空中開出了一朵紙花。

拋下錯愕的楊墨成，杜可馨轉身就跑，她不停地跑著，想離閱樂書店愈遠愈好。一時之間，她也想不到該去哪兒，本能就跑回了老劉的店。

店面前一陣鬧哄哄的，一群街坊鄰居圍聚在外頭，帶頭的人赫然是當地角頭黑龜，以他為首的眾人，將矛頭指向了擋在店門口的老劉。

「你們想賣就賣，牽拖我做什麼。我只會炒飯，不會炒房啦！」

黑龜擺了一副臭臉，不客氣地說道：「老劉，你說這什麼話？我們在地人最重要的就是團結，你不合作，就是不給我黑龜面子！」

其他人你一言我一語，紛紛附和黑龜的話，似乎都認為是老劉不對。

杜可馨正值心煩意亂，沒仔細理會他們在吵什麼，隱隱約約聽到似乎跟小鎮的開發案有關，眾人試圖勸說不肯妥協的老劉。

面對鄰居們的批評與指控，老劉惱羞成怒，大罵眾人唯利是圖，導致這場架一發不可收拾，愈吵愈兇，連劉嬸燉湯燉到一半，也跑出來助陣。

一旁的杜可馨不過是個房客，沒資格介入這場地方糾紛。她繞過眾人進屋，正要上樓梯，卻遇到阿比猛然從走廊衝出來，一把將她攔住。

「可馨姐，我有件事要告訴妳。很重要的！」

「我……有點累。晚點再說，好嗎？」杜可馨實在無心理會任何事情。

「我發現了楊老闆的祕密。」

杜可馨的眼睛倏地睜大，這句話果然引起她的好奇。

阿比也不賣關子，說道：「我親眼看到，他跟那個建商派來的壞女人混在一起，兩人鬼鬼祟祟的，不曉得在商量什麼。」

聽到這個意料之外的八卦，杜可馨一時反應不過來，沉默不語。

「果然被我猜中了！他開書店根本是個陰謀，他一定是建商安排的臥底，想要來這裡炒房。」

「我不知道啦！他的事，不關我的事！」

阿比愣了一下，杜可馨揮開了他，想一個人靜一靜，快步走上了樓梯。這時，兩個人都沒注意到，廚房的鍋子正在乾燒，蒸出陣陣的白煙。

一躲進閣樓裡，杜可馨便迅速把房門緊緊關上。

「我到底在逃避什麼？為什麼看到他跟那個女人在一起，我會這麼激動？」

杜可馨從來沒想過自己可能是在吃醋，她試著找尋一個更合理的解釋。

都是他不對！他應該只愛姐姐，不該跟其他女生搞曖昧……可是，他不是向書磊啊！他是楊墨成，不是姐姐的男友。他要跟誰在一起，是他的自由，不是嗎？

無意間，杜可馨瞥見桌上的空白稿紙，心想，幹嘛給他那份稿子？所謂美好結局，只是她一廂情願。她等一下就去把稿子要回來，這種東西不如燒掉算了。

剛想到這裡，她就聞到一股煙味。奇怪，她還沒點火，哪兒來的煙？她打開房門，走廊上濃煙密布。她大驚失色，發現整棟房子居然失火了！一團黑煙襲來，她被嗆得咳嗽連連，也無法確定屋子裡還有沒有其他人，眼前最重要的就是要設法逃生。

由於起火點在廚房，火勢很快蔓延至樓梯間，阻斷了通往樓下的路。她無路可走，焦急得不得了。她聽見樓下的人們發出驚恐的叫聲，有人對屋內喊話，大喊要她逃命，但她還能逃到哪裡去？

吸入過多濃煙的她，頭腦昏昏沉沉的，整個人在地板上倒了下來。她知道，自己就快要死了。她努力睜大眼睛，這可能就是她看這個世界的最後一眼。她的視線是一扇窗戶，透出刺眼的白光。就在這時，她的瞳孔中映入了一道破窗而入的人影，他闖入火場，一把抱起了她。

勉強撐起逐漸朦朧的意識，她望向抱著她的那個人，那是一張熟悉的臉孔，她曾經在心裡罵過他一百遍、一千遍。可是，她此刻卻緊緊地抱住了他，絕對不能放開……

———

再度睜開雙眼的時候，杜可馨人已經躺在醫院的病床上，坐在一旁的是阿比。他看漫畫看到一半，瞧見她已經清醒，起身關心道：「可馨姐，妳醒啦！要不要喝水？我幫妳倒。」

「……我怎麼會在這裡？」

「是楊老闆救了妳。」阿比口沫橫飛地描述著當時的情境：「他真的好猛，就像電影裡的超級英雄一樣。他聽說妳還在樓上，就一個人爬到二樓，打破窗戶，把妳救了出來。」

果然，她沒看錯，抱住她的那個人就是楊墨成！

「那場火撲滅了嗎？有沒有其他人受傷？」

「火是滅了，不過，我們家被燒了一大半。幸好，我們全家人都平安。」

「老闆呢？他……現在在哪兒？他沒來醫院嗎？」

阿比顯然預期到杜可馨會問這個問題，他從旁邊的茶几上，拿起一個牛皮紙袋，遞給她，說道：「他要我把這個給妳。」

杜可馨一愣，低頭打開了牛皮紙袋，裡頭是一疊稿子。她掩不住心中的驚喜，立刻翻閱起來，上頭寫著：

……從書店窗戶射入的陽光，照在剛進門的客人臉上。那是一個很可愛、很善良的女孩，可是，她從來沒看過一本書。他既沒有問她為何要來書店，也沒有問她的夢想是什麼，但他從她的身上，看到了那個討厭書的自己。他心想，總有一天，她也會跟他一樣變得喜歡看書。

杜可馨一愣，她怎麼也沒想過，他把她也寫進了小說裡，心頭湧起了一絲甜蜜的暖流。她的嘴角揚起微笑，她的笑容比陽光更燦爛。

……對了，他忘了說，那個女孩除了很可愛、很善良以外，她還很會跳舞呢！

第七章
門後的祕密

有人說，人在瀕死狀態時，會看到一道很舒服、很溫暖的光，而在光的那一頭，死去的親人會在那裡等你，與你一起走進另一個世界。

但杜可馨什麼都沒有看到，她差一點點就葬身火窟，卻沒有上述那樣美好的體驗，她事後躺在醫院努力回想，確定了一件事，在她前往生死關頭走一圈的時候，未曾見到姐姐的身影。

所以這表示，姐姐還活在世上囉？

住院的日子既無聊又難過，這大概是唯一讓杜可馨感到欣慰的好事情，儘管它只是一個毫無根據的徵兆。

在這段時間，杜可馨並沒有通知家人她入院的消息，一來，她不想讓父母擔心，省得他們嘮嘮叨叨的，恐怕還會大老遠跑來這裡，把她帶回台北的醫院治療；二來，她現在還不想離開這裡，當然不是指醫院，而是指這座小鎮，以及閱樂書店，反正她又沒什麼大礙，只是多吸了幾口煙而已。

杜可馨除了接受醫生與護士的照料，還外加劉嬸密集熬煮的愛心老火湯，雙管齊下的成效，讓她的身體不但復原得很好，還稍胖了一、兩公斤呢！過了幾天後，在醫生的許可下，她終於出院了。

雖然順利出院是件可喜可賀的事，杜可馨的神情卻透露出苦惱與憂慮，因為，後續她要面對的麻煩事可不少。經過這次無妄的祝融之災，老劉的店被燒得面目全非，別說做生意了，現在就連老劉一家三口住的地方都成問題。

無家可歸的老劉一家人，在自家尚未重建以前，只得投靠隔壁村的親戚家。他們暫時獲得了安置，可是這樣一來，落單的房客杜可馨就沒地方住了。

杜可馨毅然決然放棄回台北的選項，她打算尋找新的租屋處，而在找到以前，她決定先在閱樂書店打地鋪。

一想到這個好點子的時候，杜可馨心裡還有種興奮的感覺，宛如她是要去參加露營一樣。

想歸想，實際做起來頗有難處，她的家當全都付之一炬，損毀的存摺簿和提款卡還在銀行補辦，她望著口袋裡那幾枚銅板嘆氣，既買不了棉被，也買不到衣服，勉強只能湊到兩個肉包、一碗關東煮和一粒茶葉蛋吧？她必須再咬牙苦撐幾天，才能夠迎接下個月的發薪日。

幸好，杜可馨的苦難沒有維持太久，鎮上陸續就有人雪中送炭。首先是娟婆婆，她提供了幾件換洗衣物，雖然都是一些過時、褪流行的花色毛料，不過倒還挺實穿的。豬肉強也不落人後，自告奮勇地贊助了豬腳飯，還說可以順便替她壓壓驚。

她的好麻吉阿比更不用說了，他自己的東西明明也被燒得所剩無幾，還是設法捐出了一個枕頭給杜可馨，他再三強調，枕頭保證清洗乾淨，絕對沒有殘留下他的口水。

看到大家對她的心意，杜可馨感動得說不出話來。只是，街坊鄰居們都有所表示了，怎麼身為老闆的楊墨成，竟然沒有一絲慰問之意呢？更惡劣的是，在她出院的那天，這個無情無義的老闆偏偏還缺席了。

杜可馨忍不住在心裡埋怨起來，就算是救命恩人，也不該這樣耍大牌吧！她好不容易才對他的好感加分，這會兒，又一分一分開始倒扣回來，要是他再不出現，分數肯定會被扣光光。

於是，她提著簡單的行李，不需要別人為她接風，她獨自堅強地走出醫院，一個人搭著公車返回小鎮，一路抵達閱樂書店。

「來上班啦？」楊墨成輕描淡寫地問道，只見他悠哉地整理著書籍，連頭都沒抬起來看她一眼。

「喔，對啊。」杜可馨多少有點洩氣，回答得有氣無力的。「老闆，大家都對我很好，還送我很多東西，你好歹也假裝關心我一下嘛！」

「誰說我沒準備？其實，我也有東西要送妳！」

「真的？」杜可馨掩藏不住心裡的開心，迫不急待地想要知道，只可惜，她馬上就要失望了。因為，楊墨成遞過來的是一本《小鎮生活指南》。「什麼啊？一本書？」

「很適合妳啊！妳這個生活白痴，以後，沒有劉嬸照顧妳了，也該學學怎麼照顧自己吧！」

「喔，知道了啦！」雖然對方拐著彎虧她，但畢竟這還是一份禮物，她仍不忘表達感激之意：「謝啦，很有老闆你的風格。希望在我還沒餓死以前，這本書能救我一命！」

沒心思投入工作，杜可馨正忙著場勘，找尋晚上可以安眠的角落。很快地，她物色到一塊剛被清空舊書的空地，一臉得意。「好，就這裡啦！」

正當她要安頓這個臨時住所時，一雙手搶先抱了一疊書放下，占據了這塊她看中的地點。

「老闆！你怎麼這樣？」杜可馨不禁出聲抗議。

「我怎麼啦？」

「你這樣，我晚上怎麼睡覺？」

「書店是用來看書的地方，不是拿來睡覺的地方。」

「話是沒錯啦。大不了，就流落街頭好了。」杜可馨已經有了最壞的打算，她沒想到老闆真的如此狠心。

哪知道，楊墨成突然掏出一把鑰匙，彷彿偷聽到她的心聲似的。「吶，別在心裡痛批我荼毒員工了，我還不至於那麼沒人性！」

杜可馨漲紅著臉問道：「這是什麼？」

「員工宿舍的鑰匙。」

「什麼？我們書店還有員工宿舍啊！」杜可馨聽了，又驚又喜，她從來不知道有這回事。

「對啊，看妳可憐，所以，勉為其難先收留妳。」

正巧阿比進門，聽到兩人對話的後半段，忍不住插嘴道：「哇，可馨姐，恭喜妳，要去住那間鬼屋囉！」

「鬼屋？什麼鬼屋？」杜可馨以懷疑的眼神看向老闆。

「怕的話，可以不住喔！」楊墨成故意語帶保留，只聽見他邊吹口哨，邊往倉庫走去。

「誰怕了？我才不怕呢！」杜可馨嘴裡雖然這麼說，但心裡還是有點毛毛的。

——

那一晚，是杜可馨第一次正式造訪山丘上的這棟房子。

她還記得，自己就是在這附近跟丟了楊墨成。原來，他就住在這間日式老房子裡。她很快就知道，員工宿舍只是美化的說法，說穿了，這只是楊墨成的家罷了，而她就是暫時寄住的房客。

剛進屋，她不忙著先去房間安置行李，反倒欣賞起這棟木造建築來。慘白的日光燈映在泛黃斑駁的牆壁上，形成了莫名詭異的陰影，不難想像，為什麼阿比會把這裡比擬成鬼屋了。

杜可馨想起那個和楊墨成過從甚密的白洋裝女子，故意嘲諷道：「那個神祕的白洋裝少女是不是住在這裡？」

楊墨成領著杜可馨來到一間打掃乾淨的客房。「這裡就我一個人住。」他頓了一下，半開玩笑地續道：「不過，我總覺得似乎不只有我一個人。如果半夜無人，而妳又聽到腳步聲的話，不要太在意啊！」

丟下這句毛骨悚然的話，楊墨成又不負責任地溜走了。

「討厭啦，又在故意嚇人了！這樣，我哪睡得著啊？」

身處在陌生的環境，又有靈異傳說的加持，更讓杜可馨精神緊張，一整夜都難以闔眼。她的腦海裡，不斷浮現起曾看過的一部部日本鬼片，旺盛的想像力讓她害怕得睡不著覺。逼不得已，她厚著臉皮去敲了敲隔壁的房門。

幸好，楊墨成還沒有睡。

「這麼晚還不睡，是要等我來說床邊故事給妳聽嗎？」

「我又不是小孩子，才不需要人哄呢！我只是……看你這麼害怕，好心過來幫你壯膽。」

明明知道她說的是反話，是她害怕才藉故來這裡，楊墨成沒有當場戳破，還貼心地想把床讓給她睡，哪知道，杜可馨一口拒絕。她來之前早有準備，把棉被、枕頭全都帶齊了，竟然還不忘帶上那本《小鎮生活指南》。

「我今晚不睡，留下來守夜。」杜可馨說得認真，就地打起地鋪，認真地翻書來看，讓楊墨成不免覺得好笑。

「隨便妳吧，妳高興就好。」

她用眼角餘光偷看著楊墨成，瞧見他在床頭櫃開了一盞小燈，也拿起了一本書在閱讀。對多一個人寄住在自己的房間，他似乎視而不見，這讓杜可馨也稍微鬆了口氣。不過，和一個男人獨處一室，多少令她的心跳加速，她試著將注意力拉回書本上。本來打定主意不睡的她，在瞌睡蟲與蝌蚪字的包夾下，最後，還是累得呼呼大睡。

就算是鬼屋，住久了還是會習慣。

過了一段時間，杜可馨慢慢熟悉了這棟屋子，她不再感到害怕，也不需要半夜再躲進楊墨成的房間。就這樣，她展開了跟一個男人住在一起的新生活，還是住在鬼屋裡。聽起來有點詭異，而且，並不怎麼浪漫！

杜可馨可沒有抱著白吃白住的心態，秉持著要報答老闆救命之恩的精神，她努力學做家事，雖然洗衣、煮飯樣樣都來，卻樣樣做不好。相較起來，楊墨成比她拿手多了。

楊墨成常常虧她：「你只有兩件事情不會，就是這也不會、那也不會。」

老闆說得的確沒錯，以前，在家裡有媽媽悉心照顧；在老劉的店租屋的時候，也是劉嬸負責一手包辦家事。所以，杜可馨雖然心裡暗氣，但也無法辯駁，只能默默地接受指教。

除了藉由整理家務來熟悉環境之外，其實，杜可馨還有一個祕密任務。她瞞著老闆，暗中在屋內調查，看能不能找到姐姐的線索，或是證明楊墨成就是向書磊的關鍵證據。但很可惜地，在這一週內，她都一無所獲。她心想，要不是老闆真的掩飾得很好，就是他和向書磊一點關係也沒有。

這棟兩層樓的建築中，她幾乎都找過了，唯一沒進去過的，就是位於一樓角落的那扇門。

「一個永遠上鎖的房間。」那是有一次，她偷偷轉動那扇門的門把，不巧被楊墨成發現後，他所提出的警告。

杜可馨滿臉狐疑，也不知道老闆說的是真的還是假的。而且，據以往的經驗，假的機率嚴重偏高。

儘管如此，楊墨成還是一臉正色地恫嚇道：「它一直都鎖著，也找不到鑰匙。最好不要亂開門，否則，不知道會出現什麼怪東西。」

杜可馨又多看了兩眼那個神祕的房間，敷衍地點點頭。可在她的心中，早已經悄悄地把楊墨成所劃下的禁區，列為高度可疑的地點。

於是，她三不五時經過那個房間時，都會故意去轉轉門把，或是側耳貼近門板傾聽一番。明知道那扇門不會開啟，她還是頗有實驗的精神一再嘗試，想偷看裡頭的祕密，但每次都一如預料地無功而返。

該不會……進了這扇門後，就可以通往書本的世界？

該不會……只要打開門，就能夠找到失蹤的姐姐？

該不會……那位陌生的白洋裝女子就被囚禁在裡面？

隨著旺盛的好奇心鼓動，杜可馨對那扇門的想像愈來愈多，甚至於某天晚上，她還聽見門內傳出來歷不明的腳步聲，嚇得她趕忙躲回自己的房間，窩在棉被裡不敢出來。本來，想去找老闆求救的，但又怕一出去就會遇到那個鬼，而且，老闆很有可能不但不同情她，反而還嫌她不聽話、活該。更何況，她並不確定是不是自己的心理作祟，而導致了幻聽的錯覺。

隔天，一個新的念頭又迸地在她的腦袋瓜裡出現。

說不定，躲在門後面的並不是鬼，而是姐姐，她被困住了，正等著有人救她出來。愈來愈多荒誕的想像在她的腦海中漫走，都在無形中督促著她找出答案。

楊墨成有時候會不說一聲就搞失蹤一陣子，通常，這個空檔就是她探索的最佳時間。

她就站在那扇門的前面。這次，她很清楚地聽到了，腳步聲又再度響起。不過，聲音的來源不是在門內，而是從二樓傳來。

它出來了！

這是杜可馨的第一直覺。不管它到底是什麼，竟然這麼毫無禁忌地就選在大白天行動了！

她不要再逃避了！她鼓起勇氣，迅速脫下鞋子，光著腳在木頭地板上移動，避免發出腳步聲。然後，她小心翼翼地爬上了二樓，決定要將它逮個正著。但很顯然地，杜可馨不是當偵探的料，她才爬了一半的階梯，就聽見對方正準備從二樓下來。

這下可好，她逃也不是，躲也不行，竟像個傻瓜似地僵在原地，聽著腳步聲逐漸逼近。

「哇……」驚叫聲幾乎同時由兩個人的嘴裡發出，看來，對方受到的驚嚇也不小。

比。

「你怎麼在這裡？」謎底揭曉，這位鬼頭鬼腦的不速之客，竟是頑皮鬼阿比。

「我來看妳被鬼吃掉了沒有啊！」

杜可馨白了阿比一眼。「我的心臟很強，目前還活得好好的，沒有被你嚇死。」她看著阿比一身裝備，戴著頭燈、手電筒，脖子上還掛著一圈大蒜，心裡有數。「怎樣？你是來試膽大冒險嗎？」

計畫被看穿了，阿比尷尬地撓撓頭，等於默認。

阿比的出現打亂了她原來的計畫，她本想盡快打發那個小鬼頭走，但阿比卻一直纏著她不放。逼不得已，杜可馨只好帶著他一起研究起屋子的構造。阿比不時好奇地問東問西：「妳也對這間屋子好奇嗎？」

「喔，對啊。」杜可馨並沒有回答真正的理由。

「那妳住在這裡這麼久，有遇見什麼怪事嗎？有沒有看到鬼？」

「不確定。不過，整間屋子最可疑的，就是這個打不開的房間。」

杜可馨帶著阿比來到那間詭異的房間，阿比探頭探腦地仔細觀察，又伸手敲了敲牆壁，還拿出捲尺丈量起來。沒多久，他提出對這間房間的見解：「妳看！牆壁是實心的，不是木頭夾板，代表不是被臨時隔出來的。而且，從側面看，它後面的牆壁並沒有太厚，看起來，門後的空間好像很小，應該裝不了什麼東西。我猜，這大概只是間儲藏室。」

「儲藏室嗎？不知道裡面放了些什麼？」杜可馨多看了那個上鎖的房間兩眼，始終抱持懷疑。

「如果真的那麼想知道，不會找個鎖匠來開鎖啊？」阿比說得很有道理，這也不失為一個解決的辦法。

臨走前，阿比在山丘上盯著這棟陰森森的鬼屋，搖搖頭道：「我還是不喜歡這間房子！不知道為什麼楊老闆要一個人住在這間鬼屋裡？真的找不到其他地方住了嗎？」

杜可馨揮別了阿比，其實，這個問題在她剛住進來的時候，也當面問過老闆。那時，楊墨成只是淡淡地回答道：「我討厭被人打擾。」

杜可馨側歪著頭，詢問道：「那我不會打擾你嗎？」

「會啊！」老闆最不好的習慣，就是一句話會停很久才說完，讓她的心揪了一下，然後，才不疾不徐地繼續說道：「不過，我不介意。」

她感覺得到，老闆是在乎她的，而她也在不知不覺間愛上了他。雖然，她一直忽略自己心裡對他真正的感覺，不願意去正視這份逐漸萌芽生根的感情。

相較於店裡的老闆角色，在家裡的楊墨成比較沉默，雖然少了笑容，卻很真實，因為，他不需要去偽裝自己。杜可馨看見了他不一樣的面貌，那個從書店走出的男人正一步步地回歸現實，變成一個活生生的人。

這樣的日子很幸福，她不再有揭穿他身分的動力，反而享受著自己成為屋中女主人的喜悅。

杜可馨努力布置家裡，設法讓這棟房子變得有溫度，不再那麼像鬼屋。她也開始記得他的習慣，他喝咖啡會加幾顆糖、他晚上想看哪本書、他心情不好時想聽什麼音樂……他的日常生活大小事逐漸占據了她的腦容量，有時候，她會忘記，到底自己來宜蘭做什麼？找尋姐姐的下落，是否變得不再那麼重要？

這讓她想起了美女與野獸的故事，在這個故事裡，也有一個神祕的房間。一旦打開了那個神祕的房間，男女主角的信任關係將會崩解，而這也正是她最恐慌的事。

每當走過那間上鎖的房間，杜可馨的內心就出現了矛盾與掙扎。因為，一旦所有的謎底都揭曉，萬一，楊墨成恢復成向書磊，那他將屬於姐姐，而不屬於她，屆時，她所愛的人將會是根本不存在的楊墨成。當那一天來臨的時候，他就會消失在人間。

她知道，愛上他就像愛上小說裡的男主角，總有一天，這場夢會醒來。只要一想到這裡，她握著門把的手就會縮了回去。

這些疑惑都簡化為一個念頭，真相就在那扇門的後頭，只要打開門，就可以知道。既然這麼容易就可以揭曉答案，那她明天再知道真相也可以。杜可馨就是這樣不斷地自我催眠，日子就這麼一天天地過去。

火災的陰影並沒有就此過去，每次，阿比跑來找杜可馨玩，一提到鎮上的事，他就避而不談。

「你爸怎麼樣了？老劉的店整修得怎麼樣了？」

在杜可馨的連番逼問下，阿比好不容易才傾吐心事。「大家每天都來『盧』我爸，說什麼很遺憾我爸的店燒了，也對我爸感到很抱歉。結果，講到後來，還不是希望我爸能賣地。總之就是一個字，煩！」

「那個猶大計畫還在進行嗎？」

「誰知道？反正，大家現在都互不往來，也沒怎麼再聯絡了。」

杜可馨聽見本來一片祥和的小鎮變成這樣，有些難過。

「大家明明以前感情都很好的，街坊鄰居還會互相照顧，為什麼只要講到錢、談到利益，大家就都變了？」晚上，杜可馨忍不住和楊墨成討論。

「社會的現實就是這樣殘酷，互相競爭、勾心鬥角。」楊墨成說得輕鬆，像是在評論和自己完全無關的人。

「不行！不可以這樣！」

楊墨成突然有種不好的預感：「妳又想出什麼餿主意了？」

「大和解派對！」果然，杜可馨信誓旦旦地說道：「就這麼決定！就在這裡，我要開一場派對，邀請所有的街坊鄰居過來，大家一次把話說清楚。我相信，只要誤會解釋開來，就可以恢復成以前那樣了。」

楊墨成才沒有像杜可馨那麼天真，對於這種吃力不討好的事，他可沒那麼樂觀。「別了吧！每個人的立場和決定，可沒那麼輕易就動搖的。搞不好，到時，大家都把矛頭指向妳……」

「那更好！有了共同的敵人，大家說不定會因此更團結。」杜可馨的自創邏輯實在無法說服老闆。

「不管妳怎麼說，我還是堅決反對。」

「別這樣嘛！反正，老闆，你什麼都不用管，也不用操心，只要出場地就好，所有的活動我一人包辦。」不顧楊墨成的大力阻止，杜可馨採用低姿態的哀求策略。

這招顯然奏效，楊墨成終於在她的說服下，不甘不願地同意了，但他補了一句：「先說好，我可不會出席喔！」

「收到！」

杜可馨一刻也等不及，興高采烈地就去籌備她的大和解派對，撰文、發信、親自邀請、場地布置、餐點準備……等等，全都由她一手主導。

很快就到了派對當天，杜可馨的心情十分緊張，這是她第一次以女主人的身分，在這間房子裡接待賓客，所以她力求完美，想要做到最好。

門鈴聲響起，杜可馨的蛋糕才做到一半，她看了看時鐘，不禁心頭火起。派對開始的時間根本還沒到嘛！到底是哪個不守時的傢伙，這麼猴急就跑來了？

就算還穿著圍裙，臉上沾滿了麵粉，她還是放下手邊的工作，一邊用抹布擦著雙手，一邊快步走向門口，擠出超級勉強的笑臉。

「歡迎光臨！」

杜可馨打開門一看，站在門口的第一號客人不是鎮民們，竟然是以前在補習班單戀她的前同事。

「李澤暄，你怎麼會在這裡？」

「可馨，我終於找到妳了，我打聽了好久，才知道妳人在這裡。」李澤暄的眼睛閃閃發光，彷彿已經幾十年沒見到杜可馨的樣子。

「你不去上班，這麼辛苦花時間找我做什麼呀？」

「可馨，我終於辦到了！」李澤暄興奮地拉住杜可馨的手，想把自己的喜悅傳遞給他心愛的女孩，他說道：「我將我的企畫書投給一家創投公司的老闆，他們經過審核以後，正式通過我的案子了，他們要贊助我的事業，我現在不再是幫補習班做事的底層員工，而是我自己的老闆！」

「你說什麼？我真的看錯你了，李澤暄！」杜可馨重重地拍了一下李澤暄，把他嚇了一大跳，不曉得自己做錯了什麼事，接著，才聽到她說道：「我以前還覺得你只是愛說大話呢！你真的辦到了，我要對你另眼相看了。」

李澤暄搔了搔頭，受到誇獎的他有種飄飄然的感覺，更鼓舞了他的勇氣。他又牽起杜可馨的手，問道：「妳願意跟我一起，為我們將來的事業打拚嗎？」

「啊？」杜可馨掙脫李澤暄的手，拉了拉圍裙的下襬道：「那個……我等一下有場派對要辦，不能離開耶！抱歉了。」

李澤暄來此之前，做過無數次沙盤推演，但他怎麼想也想不到，杜可馨會用這個理由拒絕他，她果然不是一般的女孩呀！

「你既然來了，要不要一起參加派對？」

不按牌理出牌的杜可馨，讓李澤暄的頭腦有點反應不過來，他傻傻地回道：「我？也好啊！」

「那就來幫我的忙吧！」

杜可馨拖著李澤暄進到廚房，並吩咐他各項工作。多了一個人手協助，讓她趕在派對開場前，完成所有的準備工作。

大和解派對正式開始，賓客們陸續抵達，杜可馨也已換好衣服迎接，李澤暄則是充當侍者。在美酒與美食的誘惑下，大家的心情慢慢放鬆起來。

眼看時機成熟，杜可馨便進入今天最重要的主題，她特別策劃了一個「真心話」時間，讓每個鄰居都輪流發言，可以隨心所欲地暢所欲言，但有兩個限制，就是不能人身攻擊，也不能動怒。

起初，大家還猶豫了一下，誰也不肯先開口，忽然一個人舉起手來，說他有話要講。眾人一回頭，發現出聲的人竟然是老劉，劉嬸和阿比也很驚訝，顯然沒料到自己的老爸會這麼衝動。

老劉並沒有跟家人商量過，逕自發表了爆炸性的宣言：「我決定妥協了！我願意跟你們大家一起賣掉房子。雖然這家店是我們祖傳三代的回憶，但我想，要是真的對鎮上的發展有幫助，祖先應該也可以諒解啦！有沒有利益？我不知道，但最起碼，大家可以不用再像仇人一樣，見面都不講話。」

老劉的話剛說完，便響起如雷的掌聲。豬肉強第一個跳出來回應：「老劉講得對啦！以前，大家都好好的，那個猶大計畫來了以後，大家都變得不開心了。」

「是啊，我還是喜歡現在這樣的生活。好也好，壞也好，日子還不是過得好好的。」娟婆婆也附議道。

大家陸續勇於表達出自己的心聲，沒想到，事情有了出乎意外的發展。大家終於團結一心，竟然都決定不賣。

除此之外，在派對中最大的收穫，就是揭曉了白洋裝女子的真實身分。她赫然出現在派對上，讓杜可馨大為驚訝，而對方搶先認出了她。

「……我們是不是在哪裡見過？啊，妳是那位認錯人的小姐！」

「對對對，那次還真糗。」

兩人開始交談起來，一問之下，才知道她其實是阿比的班導師陳雨凡，她家住在鎮上，所以也受邀參與派對。

「呃，我可以請問一下，妳是我們老闆的女朋友嗎？」杜可馨懶得旁敲側擊，單刀直入探問她和楊墨成的關係。

「老闆？」陳雨凡愣了一下，思考了一會兒，才恍然大悟。「妳是說楊老闆嗎？為什麼妳會這麼以為？」

「啊？那個……」杜可馨被這麼一反問，有些不太好意思，但還是老實地招出自己偷窺到的畫面：「……其實，有一次，我不小心經過，看到妳和老闆抱在一起……」

「喔，那次啊……」陳雨凡笑著點點頭，「沒想到竟然被人看見了呀。」

「所以，我猜得沒錯囉！」杜可馨佯裝出自己猜對八卦的喜悅，但其實心裡有些失落。

「那倒不全然正確。我和楊老闆只是好朋友而已，當時，我只是找楊老闆討論校園的霸凌事件，想聽聽看他有什麼好建議。」

「那擁抱……？」

「那只是一個美麗的誤會，純屬意外。」陳雨凡並沒有進一步解釋的意思，看來，那將永遠是她和楊老闆才知道的祕密了。不過，知道兩人不是戀人關係，竟讓杜可馨不覺鬆了口氣。

轉眼間，派對就要進入尾聲，杜可馨一一送走賓客，最後一個走的人是陳雨凡。她多逗留了一陣子，見楊老闆遲遲沒有出現，才決定離開。臨走前，她對杜可馨說道：「其實，我還真希望被妳說中！」

「嗯？」

「我很喜歡楊老闆，希望有一天，能真的成為他的女朋友。」陳雨凡的坦率讓杜可馨不禁倒抽一口氣，相較於自己在感情上的畏縮，陳雨凡反而大方許多。

整場派對，楊墨成始終躲在書房，沒有出來見客。

即使活動辦得很成功，也達到原本想要的目的了，杜可馨還是有一點點不甘心，她硬是敲了楊墨成的房門，故意挑釁他道：「喂，老闆，你沒出來真可惜，有美女來喔！就我上次說的，那位白洋裝的少女，還記得嗎？」

楊墨成並沒有應答，杜可馨又連續敲了幾聲房門，非要逼他出面不可。

「沒想到你還挺會把妹的嘛！才抱了人家一下，人家就迷戀上你了，這招還真厲害呢！」

門總算打開了，楊墨成的神情卻是異常的冷酷，讓杜可馨大感驚訝。而這一幕景象，讓她恍然發現，楊墨成的身影，似乎與多年前她在ＰＵＢ遇見的神祕男子，逐漸重疊在一起……

「我並沒有要她愛上我，那是她自己這麼想的。」

聽到楊墨成為自己辯駁，杜可馨也本能地吐嘈道：「你不愛人家，那沒事幹嘛去抱人家？怎麼不去抱你愛的人？」

這句話才說完，楊墨成冷不防地往前跨了一大步，忽然伸長手臂，出奇不意地摟住了杜可馨的腰。她嚇了一跳，卻沒有掙脫，就這樣讓他抱在懷裡，時間彷彿在這一刻靜止不動。

杜可馨從來沒有跟楊墨成如此接近過，彼此的呼吸吹上了對方的臉頰，她與他都沒有退讓的意思，於是下一秒鐘，他們的嘴唇輕輕碰觸了一下。

那一瞬間，在杜可馨的腦海中閃過了一段禁忌的回憶，她整個人像是觸電一樣，用力推開了楊墨成。

各退一步的兩人陷入了極度的尷尬之中，就在這時，樓梯間傳來腳步聲，原來是李澤暄跑上二樓，在走廊上撞見了杜可馨與楊墨成。

李澤暄還搞不清楚狀況，杜可馨突然上前勾住他的手，語氣慌張道：「……老闆，我忘了跟你介紹，這是我男朋友，他特地來宜蘭找我的。」

楊墨成淡定地聽著，杜可馨悄悄地踩了一下李澤暄的腳，希望他能配合，誰知道這個呆子完全沒理會。

「不是啦！我們現在還不是男女朋友。」李澤暄否認道：「可是，我真的很喜歡可馨，我這次來，就是要接她回台北，一起創造我們的幸福。」

李澤暄是個超級爛的演員，一點都不懂得看氣氛，也不懂得欺騙別人。杜可馨見自己下不了台，不想看到楊墨成的反應，她甩開李澤暄，頭也不回地跑下樓。

杜可馨跑出了屋子，跑到遼闊的山丘上，再也忍不住壓抑的情緒，大哭了起來，後頭追上來的李澤暄看到她哭得像個孩子似的，一時不知所措。

李澤暄沒有問她為什麼要哭，也沒有上前安慰她，而是說了一句老實話：「可馨，妳不喜歡我對不對？」

原來李澤暄雖然天真，卻不傻。

「我錯了，我不應該來這裡的，還害妳哭了。再見了，可馨，希望妳過得快樂。」

這個男人未免也太直接了吧！她為何不能愛上這樣單純的人就好呢？偏偏要喜歡上那種毒舌、壞心眼又愛整人的壞男人。

於是，杜可馨停止了哭泣，她愣愣地看著這個變得成熟的大男孩對她揮了揮手，在道別聲中轉身離去，就此在她的生命中消失。

杜可馨沒跟李澤暄多作解釋，她不想說謊，也不想說出真心話，所以，她乾脆選擇沉默。其實，在她的內心深處，一直藏著一個關於她感情世界的祕密。

剛剛在二樓的時候，她跟楊墨成那個若有若無的吻，碰觸的不只是她的嘴唇，也觸犯了她的禁忌。

她曾經在夏日的海灘上跟一個男孩接吻，一個來自義大利的混血帥哥。是的，他就是姐姐的第一任男朋友。她永遠忘不了，那是她的初吻。

可是，她並不是真的愛那個義大利男孩，就像她也不是真的迷戀送她項鍊的向書磊，只是因為他們是姐姐的男朋友。她希望，每一個喜歡上姐姐的男人，也都可以喜歡上她。

她絕對沒有想要搶姐姐男友的念頭，她只是想要得到跟姐姐相同的關愛。她天真地以為，能夠從姐姐男友的身上奪取一點點小曖昧，就如同小時候博得父母歡心一樣，享受到贏過姐姐的勝利感。

有著如此幼稚想法的小惡魔，從小就棲息在她的心靈深處，沒有被任何人發現，她根本是一個壞女孩。

可是，這次跟以前不一樣，她發現自己已經悄悄地愛上了楊墨成。

但他愛她嗎？還是，這只是她一廂情願的單相思。

對她來說，愛到底是什麼？她跟楊墨成不是夫妻，也不是男女朋友，卻住在一起。他們之間沒有愛情的誓約，也沒有親密的關係，然而，只要跟他在同一個屋簷下，她就會感到很安心，只要看到他，她的心中就充滿了幸福。

「不，事情不應該演變成這樣才對！我怎麼可以背叛姐姐呢？」杜可馨心煩意亂，心中引發一股莫名的恐慌，她極力想撇開那些自私的想法與行為。

「姐姐，妳快點回來吧！如果楊墨成就是向書磊，不，不管他是不是，他都是屬於妳的，這棟屋子的女主人身分也是屬於妳的。我不會再跟姐姐搶了，我不是故意的，我……只是渴望成為跟姐姐一樣的好女孩。姐姐，求求妳出現吧！」

———

哭完了，淚乾了，杜可馨終究得返回屋子裡。散場的派對現場，一片杯盤狼藉，她身負女主人的職責，捲起袖子開始進行清理工作。

就在這時，遠遠地傳來了鋼琴的聲音。她抬頭望去，是楊墨成在樓上彈著鋼琴。通常，他在練琴的時候，不喜歡被打擾，而她也沒有想要上樓的意思。

當然，她並不知道，此刻楊墨成的內心也面臨著煎熬，他很想跟她坦承一切，但還是沒有勇氣說出口。

隨著音樂的節奏與旋律，杜可馨在空蕩的屋子裡翩翩起舞，整棟建築就是她表演的舞池。她一邊輕盈地跳動，一邊優雅地收拾雜物。她從來沒有跳得這麼順過，彷彿身體和音樂已經完全結合在一起，順暢地流動出一幅美麗的畫作。

就在一個短暫的休止符喘息，她一個彎腰，忽然在桌子底下看到一道閃光。琴聲依然高昂，但她的心跳就在那時落了一拍，舞蹈動作驟然停止。她趴下來一看，意外發現一把長柄鑰匙掉在地上。

她的腦海中瞬間閃過一個念頭。

站在那扇神祕的房門前，杜可馨將那把長柄鑰匙插入鎖洞內，喀嚓一聲，門把終於轉動了。

如阿比所推測的，門後的空間不大，正確來說，應該是根本沒有空間。因為，緊接在門後的並不是一個房間，而是一道通往地下室的樓梯。

在小夜燈的照射下，杜可馨小心翼翼地走下階梯。就在她步下最後一階樓梯時，她看到了一個駭人的景像。

這間地下室，竟然跟姐姐房間的擺設一模一樣！

莫非，姐姐真的住在這裡？

楊墨成果然跟姐姐有關係！

雖然她早就料到真相會是這樣，但當事實發生在眼前時，她還是全身發抖，害怕不已。

就在房間盡頭的牆壁上，她赫然看見了姐姐的畫像。那張畫栩栩如生，畫中的杜可婕溫柔地正視著前方，猶如盯著來訪的人。

那一瞬間，她覺得，姐姐就在這裡，就和她面對面地站在同一個空間。

第八章 背叛者的告白

太陽穴隱隱的刺痛讓董欣霓逐漸醒來，宿醉的後遺症讓昨日狂歡的她徹底嘗到了苦果。她強忍著痛楚，努力地睜開雙眼，強烈的日光像是要讓所有東西現形，直到燃燒殆盡為止。於是，她撇過頭，避開刺眼的光線，也就在這一轉頭間，她看見床上還躺著一個陌生的男人，對方睡得很沉，就像隻死豬似的。

董欣霓的臉上並沒有太多的驚訝。她只記得，那是她昨晚在酒吧裡剛認識的男人，至於，他搭訕時說了哪些話，後來，又是怎麼進了這間房，進而發生了肉體關係……這些細節，她一點都記不得了，也懶得去回想。

她昏昏沉沉地坐起身，拿起擺放在床頭櫃上的手機，冷冷地看著螢幕上面顯示數十通的未接來電，全都是從公司打來的。她心裡有數，明知道錯過了重要的董事會議，她卻滿不在乎，一副頹廢放蕩的模樣，慢條斯理地去洗手間梳洗。

工作不再成為她生活中的重心，這一切，都在向書磊……或是楊墨成出現後，就完全變調了，就像一輛衝出鐵道的列車，再也不可能回歸正軌了。雖然在那段期間，董欣霓很努力地拚命掩飾，但她實在太累、太疲倦了，偶爾一天放縱一下也無妨吧！

她換上套裝，搭了計程車趕到公司，才一踏進辦公室，眾人就先聞到她身上濃濃的酒味。大家從來沒見過董欣霓的這一面，不禁大感意外，但誰也沒敢問出口，全都當作沒事發生一般。

這一頭，董事會剛結束，程孟政準備送董事們離開，正巧遇上了遲來上班的董欣霓。他眉頭一皺，雖然心裡不爽快，但還是保持風度，向董事會介紹公司的得力助手。

「這位就是董總監，我先前跟各位董事提過的，先前幾宗得獎的建築案，就是她一手規劃的。」

董事們本想伸出手，禮貌性地打招呼，可是一嗅到她身上的酒氣，就紛紛打了退堂鼓。

董欣霓察覺到眾人的反應，冷笑一下，自嘲道：「沒聞過威士忌酒味的香水嗎？最近出的新品喔！」

董事們面面相覷，不知該如何答話。幸好，程孟政及時打圓場：「我們這位董總監最喜歡開玩笑了。其實，她昨天晚上又去應酬了一個大客戶……」

董事們露出了客套的尷尬微笑，大家心知肚明，這只是場面話，不過，職場上的文化就是如此虛偽、做作。

待董事們離開後，程孟政將董欣霓帶到辦公室。他的臉色一變，忍不住數落起她：「妳失態了！連帶也讓我顏面無光！大家以後會怎麼看我們公司？大概只留下紀律鬆散的壞印象。」

「是嗎？真不好意思，今天做不成你心目中那個完美的董總監。也許，我真的應該請假，不該過來的。」

程孟政悶哼一聲，懶得問她遲到的理由，也不想聽她狡辯的藉口，都怪自己平常把她慣壞，捧上了天，才讓她恃寵而驕。

他拿出一疊疊的合約書，用力地丟落地上，直接切入正題：「原本進展順利的猶大計畫出現了變數！那場大火擾亂了一切！這些全是那些鎮民退回來的合約書。我不知道那些鎮民到底想怎麼樣？環球建設已經給了他們最好的條件，他們還不知足，搞起什麼抵制自救會，堅決反對這個開發案。再這樣下去，會造成公司很大的損失。這回的董事會我已經擺平了，但下一次呢？他們不是笨蛋，總不能瞞他們一輩子。」

董欣霓拾起了那些合約書，也意識到公司遭遇了重大的危機。當然，更有可能是程孟政這個總裁的位子會不保。

「私生活要怎麼亂是妳的事，我管不著。上班愛來不來也沒關係，我只要妳一句話。」程孟政下達最後通牒：「能不能搞定那些刁民？」

董欣霓知道程孟政對自己的忍耐已經達到了極限，這是她翻身的最後一個機會，眼下再無其他去路可退，只能硬著頭皮接下這個艱鉅的任務。

就跟董欣霓的壞心情一樣，這一天的天氣壞到了極點，明明是大白天，但天空卻被一整片的烏雲籠罩，陰陰的天色看不見一絲曙光，似乎隨時就會下起暴雨。

她又來到宜蘭的那個小鎮，這一次，她不忙著進行遊說工作，反倒先跑去了閱樂書店。即使她的事業失利，即使她受到程孟政的連番指責，她還是掛念著那個男人。她就像隻飛蛾，無可救藥地往烈火奔去，哪怕被火焚身也在所不惜。

就在董欣霓踏入書店門口之際，杜可馨竟匆匆地跑了出來，兩人差點互撞。

「妳怎麼了？慌慌張張的。」看著杜可馨一臉著急，董欣霓以為書店裡出了什麼大事。

「慘了慘了！快下雨了，衣服還掛在外面，我要趕快回家去收衣服。」

看著杜可馨冒冒失失的模樣，董欣霓沒好氣地搖搖頭。小女孩就是小女孩，只會為這種芝麻蒜皮的事情傷腦筋。

她本想進去書店，看看那個令她心神不寧的男人在不在，卻發現地上有支手機。她心想，肯定是剛才碰撞時杜可馨不小心落下的。她看向杜可馨離去的方向，依稀還能看見她的身影，於是，她做了一個令自己會後悔的決定，選擇追了上去。

往山丘的道路只有一條，還不至於會迷路。她看著杜可馨跑進了一棟日式建築，正忙著在院子裡收衣服。

董欣霓還沒來得及歸還手機，就看到楊墨成從屋子裡走了出來，也加入收衣服的行列中。看起來，他和杜可馨兩人有說有笑的，彼此默契十足，簡直像是一對新婚夫妻，十分甜蜜。

就在這時，大雨驟下，楊墨成怕杜可馨淋到雨，便用衣服遮在她的頭上，將她靠向自己的懷裡，急忙跑進屋裡避雨。

董欣霓親眼目擊了這一幕，嫉妒心讓她徹底發狂，她再也顧不及什麼淑女形象，憤恨地將手機用力一砸。摔爛的手機就像她的心一樣，碎得四分五裂，每一道裂痕都是一個傷口，痛得她忘了自己正身在傾盆大雨之中。斗大的雨滴砸在她的臉上，和她眼中不斷湧出的淚水交錯在一起。此刻，她只是一個受傷的女人。

董欣霓荒廢了工作，專注在調查楊墨成和杜可馨之間的關係。果然，不出她所料，他們兩個人同居在一起，而且，兩人互動頻繁，日漸親密，這更加深了她的憤怒與怨恨。

他怎麼可以這樣？那是杜可婕的妹妹！他怎麼能夠對她下手？就算杜可婕真的死了，也輪不到那個小女孩跟他在一起，真正和他相配相稱的人，是董欣霓，而不是杜可馨。

這樣可怕的想法一直在董欣霓的腦中亂竄，讓她完全無法專心投入猶大計畫的開發案。偏偏不巧，一個無理的鎮民就選在這麼惡劣的時機上門來理論。

「我不管！反正，大家都退出，我也要退出！」

「這位先生，你先冷靜一下。如果是條件不夠好，或是對合約還有什麼不清楚的地方，我可以慢慢解釋給你聽。」

「不需要啦。無論如何，這份合約我不要了啦！」

對方硬是想要把手上的合約遞過來，助理小豬實在安撫不下去了，只好請高層出面。

董欣霓的作風果然麻辣，她一過來，就先拿過那位鎮民手中的合約，連看都不看一眼，很乾脆地當著他的面直接撕掉。

這個舉動讓所有人都愣住了，小豬先回過神來，知道大事不妙。「董總監……妳這樣不太好吧？」

董欣霓沒有理會，她筆直地走向那位鎮民，十分灑脫地說道：「你自由了！以後簽約記得看仔細，不是每次都能這麼幸運地順利解約。」

等鎮民半信半疑地離開後，小豬便手足無措地來回踱步，著急道：「怎麼辦？怎麼辦？這下子，和我們簽約的店家又少一戶了。現在，環球掌握的土地連百分之十都不到，這樣要怎麼跟總裁交代啦？照這樣子下去，猶大計畫肯定完蛋！」

「妳有什麼好擔心的？要完蛋，就大家一起完蛋，那又怎麼樣？」董欣霓當場撇下小豬，撒手不管開發案的事，她很清楚，擅自代表公司妄作決定，後果可是很嚴重，但她已不在乎那些瑣事。

沒錯！計畫失敗了沒關係，丟了工作也無所謂，她現在只想做一件事，就是摧毀那家書店，無論是向書磊還是楊墨成，她都要看著他痛苦地墮入深淵。

她無法容忍向書磊再借用楊墨成的身分繼續躲藏下去，所以，她要戳破他的謊言，揭開他的假面具。

董欣霓要展開第一波的攻擊行動，她先把杜可馨約了出來，並做好了讓自己背負罵名的心理準備。

對面的杜可馨似乎看起來也有些異樣，她的模樣明顯跟之前的幸福甜蜜模樣有落差，有點心不在焉的。

董欣霓不知道杜可馨發生了什麼事，現階段，對她來說，沒有比摧毀向書磊這個人更迫切的任務。於是，她還是牙一咬，挑明了話題。

「有件事妳一定得知道，楊墨成……其實就是向書磊！」

魂不守舍的杜可馨愣愣地望著她，水汪汪的眼睛透露出一絲困惑，又將話重複了一遍。「老闆……是……向書磊。」

「沒錯！」董欣霓講得斬釘截鐵。「其實，在妳姐和向書磊的中間，一直夾著一個女人。那個女人就是我！他騙了妳姐、騙了我，也騙了妳！」董欣霓把自己的醜事全說了出來，坦承跟向書磊的不倫戀情，好像那是某個賤女人的八卦，與她無關。

杜可馨聽完以後，愣了好一會兒，沉默了好久才反應過來。她並沒有董欣霓想像中的那麼驚訝，而是一臉迷惘地問道：「那我該怎麼辦？」

那個天真無邪的女孩不見了。

以董欣霓的經驗，這女孩已經愛上了向書磊。這太危險了！杜可馨只會把自己弄得渾身是傷，就跟她現在的處境一樣。

眼看杜可馨求助於自己，董欣霓明白，此刻，這女孩會完全照著她的話去做。

董欣霓冷冷地說出了殘酷的話語，半命令式地要求道：「離開他，這是妳唯一的選擇！他傷害了可婕！這一切都是他的錯！」她頓了一下，語帶恫嚇：「再接近他，妳只會粉身碎骨，然後，就會跟我一樣，永遠被貼上背叛者的標籤。妳也不想對不起妳姐姐吧？」

當然，董欣霓絕對不是多麼慈悲為懷的聖人，她不是為了拯救杜可馨，而是純粹不想讓向書磊得逞而已。天堂不是背叛者該去的目的地，所以，這傢伙只能活在人間地獄裡，一直懺悔到死的那一天。

杜可馨點了點頭，同意這是最好的決定。面對董欣霓，她沒有歇斯底里的指責，也沒有情緒失控的怪罪。臨走前，她只是問了一句：「我姐知道嗎？」

看似毫無殺傷力的話，卻深深地刺進董欣霓的心坎裡，那只會再度提醒她，她是一個背叛好友的掠奪者。

她搖了搖頭：「妳姐不知道，這是唯一慶幸的一點。至少，我們四個人當中，有一個人沒有受到傷害。」

「妳錯了！如果是我姐的話，她會希望知道。」

董欣霓愣了一下，或許，自己真如杜可馨所說的，並沒有那麼了解杜可婕。

———

此刻的董欣霓正處於低潮，情緒也瀕臨崩潰的邊緣，她很清楚誰是始作俑者。她帶著對那個男人的憤恨，直奔閱樂書店，剛好，顧店的只有楊墨成一人，杜可馨似乎外出收書去了。

楊墨成看了她一眼，似乎沒料到她會過來，揚了揚眉。「董小姐，妳又想來跟我說故事了嗎？」

董欣霓顯然有備而來，她再度出招，說道：「我的確是有事情要跟你說。不過，不是杜撰的故事，而是正在上演的真人真事。」

楊墨成不知道董欣霓究竟在賣什麼關子，不太有耐性的他故意轉過身去，假裝忙碌。「真不巧，我還要去倉庫盤點，可能今天沒什麼時間聽了。」

「有一家華泰醫院，你聽過吧？那裡的院長叫作向天華。前幾天，他被院裡的另一個派系鬥垮了！他再也不是華泰醫院的院長了！」

楊墨成陷入一陣沉默之中，董欣霓知道她的話奏效了。

「他的精神大受打擊，眼看家業就快保不住了，即將一無所有，現在正是他最脆弱、最挫敗的時候。身為兒子的你，真的還能夠無動於衷嗎？」董欣霓若無其事地說道。

她看得出來，楊墨成並不是毫無感覺，要揭穿他的身分是遲早的事。

楊墨成看似動搖，卻還是勉強露出微笑，裝作這整件事情和他一點關係也沒有。「我又不認識他，除了替他感到遺憾以外，沒什麼特殊的感覺。」

「是嗎？想不到，你對自己的父親也可以視若無睹，一點親情也不顧。要是你的媽媽和弟弟聽到你這麼說，一定很難過。」她又放出了另一記震撼彈，說道：「最快今天，最慢明天，他們就會來宜蘭找你了。」

楊墨成大概萬萬沒想到，董欣霓竟然洩漏他的行蹤給向家人，他板起面孔，對她下達了逐客令：「不好意思，我要準備打烊了，董小姐，妳請回吧！」

「我明天還會再來，我對你們這間店沒興趣，但我這個人最喜歡看熱鬧，我正準備要看一齣向書磊主演的親情大戲。」董欣霓故意說風涼話，存心要楊墨成的心裡不好過。

「我建議妳少看電視劇，多看點書吧！」楊墨成抽出一本詩集，遞給董欣霓：「它可以讓妳的心靈獲得平靜。」

「你不用再偽裝那個假文青了！」董欣霓被楊墨成的舉動激怒，揮手打掉他手上的書，但這股氣還沒消，她一不做二不休，竟將書櫃上整排書全都推倒。

「就是你，向書磊！」董欣霓站在散落一地的書堆中，瘋狂地發洩著，對楊墨成咆哮道：「可婕是被你害死的，你就是兇手！」

眼看楊墨成沉默以對，逼董欣霓使出了最後絕招，她一把揪住他的衣領，狂吻了他的嘴唇。

一陣強吻後，楊墨成推開了董欣霓。他看著董欣霓的眼神，充滿了憐憫，讓她備受羞辱。

「你就承認吧！你是背叛可婕的罪人！你是跟我上床的爛人！你是我深愛的男人……」

「我是誰，對妳那麼重要嗎？」

這句話，讓董欣霓愣住了，忽然間，她內心的恨意憑空消失了，她感覺自己一無所有，她再也沒有可以對向書磊復仇的武器。她輸了，輸得一敗塗地。

董欣霓轉身逃出書店外，她只想離這個男人愈遠愈好，至於，楊墨成要如何面對向書磊的弟弟與母親，她已經看不到，也不想看了。

———

董欣霓像個遊魂似地走在濱海公路上，綿延漫長的道路像是永遠也走不完，看不見盡頭。她就這樣一直走著，不覺得累，也不想要停下來休息。

就在這時，有三名環島的年輕人騎單車經過，好心地停了下來，詢問道：「小姐，妳要去哪裡？這裡叫不到車，可能要走很久，才能到車站喔。」

「我迷路了！這個迷宮，我可能永遠也走不出去了吧。」董欣霓的話很玄，當下讓其他人感到困惑。

其中一名染著金髮的男子說道：「既然這樣，要不要跟我們一起走呀？」

「去哪裡？」

「我們待會兒要去海邊跳浪，要不，妳跟我們一起去吧？」

「你這是在跟我搭訕嗎？」董欣霓帶著笑意詢問，並沒有指責的意味在。

那名金髮男倒是大方，一點也不扭捏，坦承不諱道：「是啊，怎樣？有興趣嗎？」

董欣霓看著這群大男生，他們是如此地青春、如此地有活力，沒有煩惱，也還不懂人生的痛苦，竟有些羨慕起來。「年輕真好！」

她已經很久沒有真正放鬆了，所以，她應允了邀約，跟著他們一起廝混，想暫時忘掉那些該死的煩惱。

董欣霓跟著這一群大男生跑到了海邊，跟他們一起飲酒狂歡，什麼工作、向書磊、猶大計畫……她全都拋在腦後。在這一刻，她只想逃避，沉浸在狂歡的氣氛中，徹底地麻醉自己。

「這位正妹，我們要怎麼稱呼妳呢？」

「隨便愛怎麼叫都可以。」

是呀，在這個天涯海角，沒有人認識她，董欣霓這個名字，就算丟掉了又怎麼樣呢？她忽然可以體會向書磊的感受，拋棄了一切，原來就是這種感覺嗎？

身旁這群大男生不明白董欣霓內心的複雜情緒，他們三人正圍成一圈猜拳，而猜輸的那個人，硬著頭皮坐到董欣霓的面前，露出一副難以啟齒的表情。

該不會是要向她提出一夜情的要求吧？董欣霓早就很習慣這種事了，這群大男生雖然不帥，不過年輕就是多了一份可愛。算他們運氣好，在半路上撿到她這個狂野愛玩的大美女，等環島結束後，他們又多了一個可以跟同學炫耀的故事。

「那個……我們可以要妳的手機嗎？」

出乎意料，這群大男生竟如此純情，董欣霓笑了出來，她仔細一看，直覺他們八成還是處男，她忽然覺得，在這世界上，不是每個人的心地都像她那麼汙穢醜陋。

「把手機給我。」

這群大男生以為她要輸入號碼，爭相遞上手機，沒想到，董欣霓一接過手機，猛然起身，用力一拋，一支接著一支，把手機全丟進了海裡。

三個大男生愣住了，竟然沒有一個人上前阻止，就這樣傻傻地站著不動。

董欣霓丟給他們一抹充滿魅力的笑容，讓他們完全忘記要生氣，下一秒鐘，眼前的大美女做出了令他們異想不到的舉動，她俐落地脫掉了上衣。

這群大男生全都看呆了，只見她陸續脫下了全身的衣物，一絲不掛地對他們喊話：「不是要跳浪嗎？來啊！」

董欣霓說完，逕自奔向大海。他們見這位美女都如此乾脆了，身為男子漢更沒有猶豫的理由。於是，大家紛紛脫下衣褲，一個個都朝著浪花退去的方向狂奔。

海浪輪番拍打在董欣霓的臉上和身上，赤裸裸的她彷彿得到了解放。她希望大海能洗滌她的罪惡，淨化她汙穢的心靈。

其實，她一點也不想當壞女人！如果可以選擇，誰願意當個不見天日的小三？誰又願意戴上陰險惡毒的鬼面具？

就算向書磊得到了懲罰、遭到了報復，但那又怎樣？她這才恍然大悟，這不是她要的結局。她要的，只是得到所有人的原諒。

一想到這裡，董欣霓不禁難過得放聲大哭了起來，嚇壞了那群手足無措的大男生。

——

那一天，是閱樂書店毀滅的日子，也是董欣霓期待已久的一幕戲，只可惜她自己無緣看見。

和往常不一樣的是，杜可馨沒跟楊墨成一起來書店，而是一個人早早就整理好行李，選擇靜靜地在店裡等他。

她反覆在腦海中練習著要如何正式跟老闆請辭，卻一個字也想不出來。以往看過的書全都派不上用場，雜亂的思緒像是排列錯亂的字句，不停地跳著可笑的舞步。

沒多久，那個男人出現了，不是以閱樂書店老闆的身分，不是以溫文儒雅的楊墨成這個角色，而是以向書磊的姿態出現。從他也提著一箱行李看來，他也準備離開了。

「老闆……你也要走了嗎？」

臨走前，楊墨成決定向杜可馨坦承一切：「嗯，只有楊墨成消失，向書磊才會回來。是的，我就是向書磊，一直瞞著妳，是我的錯。」

其實，早在董欣霓告訴她答案以前，她就已經猜到了，只是不願證實而已。

「所以，我應該恨你嗎？」

向書磊無法替杜可馨做出決定，除了道歉，他不知道自己還能怎麼做。「對不起，我沒辦法幫妳找回可婕。因為，早在兩年前的那一刻，我就永遠失去她了。」他頓了一下，繼續說道：「妳……會原諒我嗎？」

杜可馨沉默了好久，深吸了一口氣才說出口：「我在想，我姐會原諒你嗎？」

那是他們分離前的最後一句話，沒有答案、沒有結論、沒有以後。

兩個人提著行囊，同一時間從閱樂書店出發，各自往不同的方向離去。他們沒有回頭看，就這樣愈走愈遠，直到再也沒有交集為止。

第九章

人間失格

失去杜可婕的那一天，向書磊明白，他也同時失去了做人的資格。

他從來沒有想過，後果會這麼嚴重。他以為，對兩個相愛的人來說，彼此最遠的差距，要嘛就是年齡，好比說，十八歲的少女愛上八十歲的老翁；要嘛就是家世，好比說，富家少爺愛上窮丫頭；再不然，就是長相、學歷、國籍等等條件。可是，這在他跟杜可婕的身上都不適用。他與她之間的最大落差，是一個討厭看書，另一個則愛書成痴。

這並不是造成他們悲劇的主因，卻是改變一個男人命運的楔子。

從小，向書磊就有著與生俱來的叛逆性格。他之所以對書本心生排斥，源自於一個幼稚的理由，因為，他的名字裡有個「書」字。同學們常叫他書呆子、書蟲等等綽號，為了擺脫這個惡名，他就偏偏不看書。

七歲那一年，他的媽媽買了一本故事書給他，書名叫作《小王子》。愛慕虛榮的母親以為，這部經典文學能讓兒子變得更有氣質。他很喜歡這個書名，以及書裡精美的插畫，便努力把這本書讀完。對於裡頭的寓意，他一知半解，不過，《小王子》的形象倒是深深地烙印在他的腦海裡。

那份憧憬後來被另一個幼稚的理由打碎，只因為他媽媽有一次當著眾人的面叫他「小王子」。他聽了好想死掉，當天，他就把那本故事書塞到了床底下。

叛逆像顆發芽的種子，隨著他一天天地長大。國中時代，他不但打架鬧事，還會霸凌同學。到了高中，他忽然收起暴力的一面，不是他學乖了，而是他找到另一個更好玩的遊戲，就是追女孩子。他享受的是征服女生的成就感，對戀愛這種事，他反而不屑一顧，直到他認識了杜可婕。

那一年，向書磊被迫進入家族經營的大醫院上班。這個荒廢學業的敗家子並沒有考上醫師執照，只能擔任行政主管。這還是靠老爸的庇蔭才得來的職位，少不了背後一堆人說閒話。他本人倒無所謂，一副愛做不做的模樣，整天穿著醫生袍在院內晃來晃去。雖然他不懂醫術，但看到病人們投以尊敬的眼神，讓他體會到何謂優越感。長期沐浴在這種感受中，會讓一個人漸漸忘記，自己跟那些低賤的人在本質上沒有不同。

向書磊與杜可婕初次邂逅的地點，就在這間冰冷肅穆的大型醫院內，雖然與浪漫無緣，卻讓他永生難忘。

每逢入秋寒流來襲的期間，醫院大廳必然是人滿為患，病人們往往得排上好幾個小時，才能夠見到醫生一面。這一天也是如此，向書磊一看到這些男女老幼擠在一塊兒，就會聯想到一群病毒們聚在這裡開同學會，令他渾身不自在，完全失去高調出巡的興致。他可不想被傳染，便離開大樓，走到庭院避難。

華泰醫院座落於山腳下，庭院不僅占地遼闊，背後又有山景陪襯。明明是個散步的好地方，偏偏沒什麼人肯賞光，加上現在外頭寒風陣陣，更是吹得院內冷冷清清。這正合向書磊的意，目前時間是早上十點鐘，他打算在這裡摸魚到中午休息。

可是，向書磊走沒多遠，就發現這座庭院除了他以外，還有一位孤單的女病人。

那名女病人的身形修長窈窕，腦後的黑髮紮著長長的辮子，臉上則是戴著口罩。向書磊只看得到她的眼睛，但就是那一雙明豔的眸子，讓他無法不盯著她看。而他期待的那一剎那出現了，那名女病人緩緩地伸出右手，輕輕拉下了口罩，露出了嬌挺的鼻子與薄俏的嘴唇。她眼睛微閉，深吸了一大口新鮮卻凍涼的空氣，她的一舉一動，讓他目不轉睛。如果這是在看電影，他一定會要求倒帶再看一遍。

那名女病人就是杜可婕。認識她，是向書磊最幸運的一天；失去她，將是他不幸的開始。

向書磊愣愣地看著杜可婕秀麗絕倫的臉龐，彷彿她是庭院裡的一尊象牙雕像。很快地，他的失態引起了對方的注意。

「有什麼事嗎？醫生。」杜可婕的手一邊拉低口罩，一邊說道。

向書磊回過神來，他被誤認為是醫生是很正常的事，通常，他也不會否認。恰好，杜可婕突然摀住嘴一陣咳嗽，他便順著她的話，問道：「……感冒嗎？」

「咳……咳……應該是吧？」杜可婕又咳了兩聲，這才喘過氣來。

在醫院待久了，向書磊想不會模仿醫生都難。他馬上秀出專業的口吻說道：

「有什麼症狀？」

任何人面對醫生都很誠實，杜可婕也毫不懷疑地回答道：「咳嗽、有點發燒，感覺手腳很痠，沒什麼力氣。」

「怎麼著涼的？是不是妳晚上睡覺有踢被子的習慣？」

這句問話實在有些輕佻，但向書磊照樣大膽地說出口，他自認為在調情，不過，杜可婕並沒意會到。她想了一想，反過來問道：「醫生，你去過醫院後面那座山嗎？」

向書磊沒料到她會這麼問，搖了搖頭。

「從醫院大門出去往右轉，沿著那條路往上走，那裡有一座山丘。春天的時候，草地上會開滿了小黃花，而秋天一到，雖然花都謝了，不過，我很喜歡那種天地蒼茫的景色。」杜可婕用她那柔美的嗓音說道：「……我想，大概是我昨天在山丘上看書的時候，不小心著涼了吧！」

向書磊被杜可婕打亂了搭訕的節奏，被她的話牽著鼻子走，追問道：「妳為什麼要跑去山裡看書？」

杜可婕抬起頭來，看向遠方的山丘：「山丘的外圍有一排楓樹，樹下有塊像駱駝一樣的大石頭。坐在那兒看書，葉子會一片片地掉下來，落在攤開的書本上，看起書來特別有氣氛。」

向書磊聽了，只覺得這女人真傻，而杜可婕也不辜負他的期待，繼續說道：「那本書我只看了一半，還沒看完。沒想到，隔天就感冒了，只好先來看病。」

「把這段寫在妳的病歷上，應該會很有趣。」向書磊笑道。

杜可婕並沒有笑，她開始發現，這段交談有點怪怪的。「請問，這算是診療嗎？」

再聊下去就穿幫了，向書磊卻又捨不得走，索性扯謊下去：「呃……不算正式的診斷，妳就當作這是一位醫生對病人的關心。」

「謝謝。」杜可婕有禮貌地對向書磊微微鞠躬。她看了一下手上的號碼牌，說道：「不好意思，我要進去了，應該快叫到我的號碼了。」

杜可婕的話一說完，便將口罩重新拉上，轉身快步離開。

眼睜睜地看著這位氣質出眾、作風獨特的美女愈走愈遠，向書磊忽然好希望，她被診斷出得了重病。這樣一來，她就不得不住院，而他明天就能夠再看到她了。

下午剛過三點，向書磊提早下班，今晚有很多行程，大部分都跟玩樂有關。當他開著名牌跑車，一駛出醫院大門時，忽然間，他對那些行程興致全失，他念念不忘的，竟是庭院裡的那場邂逅。

向書磊望向車窗外的風景，心想，這麼冷的天氣，竟然有人跑到山上只為了看書。他不懂，書就是書，在哪裡看不都一樣嗎？幹嘛不躲在棉被裡看呢？

他將方向盤往右轉，決定開車上山。不一會兒，他真的看到了一座山丘，也找到了那排楓樹林，以及那顆像駱駝的大石頭。

而就在那塊石頭上，真的坐著一個靜靜看書的女孩。

那一幕的衝擊與震撼，是向書磊前所未有的體驗。不知道自己是怎麼走出車外，也不知道自己是怎麼來到杜可婕的面前，他痴痴地看著她把石頭當成沙發，雙手捧著一本書。她還沒有翻到下一頁，就先抬起頭來，對他開口說話。

「醫生，你怎麼會在這裡？」

在這個不可思議的女孩面前，向書磊根本沒想過說謊，他坦誠道：「……其實，我不是醫生，我只是醫院的行政人員，我也不會治病。」

杜可婕愣了一下，儘管被騙，她也沒有一絲慍色，相反地，她露出了淺淺的微笑：「但還是謝謝你關心我。」

風一吹，杜可婕又咳嗽了幾聲，向書磊勸道：「妳再待在這兒，感冒會加重的。我載妳下山吧！」

「我想把剩下的一半讀完。」

向書磊見杜可婕不走，一時心動，他脫下大衣，緊緊地包裹住她，宛如她是個需要被呵護的嬰孩。這份溫柔讓她既意外又感動。

「我只會這種治療方式。」

杜可婕將大衣拉出一道空隙，對向書磊示意：「要坐下來一起看嗎？」

「老實說，我不太看書。」

「我可以唸給你聽。」

向書磊點點頭，坐在杜可婕的身旁，兩人披著同一件大衣，捧著同一本書。她看著書本，說著裡頭的故事，而他卻是看著她，聽著她動聽的聲音。

杜可婕講到一半，忽然想起一事：「……糟糕！我忘記我生病了，你可能會被我傳染。」

向書磊不怕杜可婕的恫嚇，他忍不住低下頭去，吻了她的嘴脣。

隔天，他果然被她傳染了感冒，而從他生病的那一天起，他們就正式在一起了。

跟杜可婕在一起，恐怕是向書磊人生中最錯誤的決定。

從外人看來，他們無疑是一對金童玉女，事實上，向書磊的心裡很不安。杜可婕是個無法捉摸的人，就算他吻了她，就算他撫摸她的身體，他還是摸不透她的心裡在想什麼，這讓他一點兒也沒有安全感，甚至有時候會懷疑，他們到底算不算真的在一起？

為了更瞭解杜可婕的想法，有一次，向書磊動了一個歪腦筋，他潛入她的房間，想偷看她的日記，結果，這個菜鳥小偷第一次作案，就失風被逮。他剛一拿到日記本，就被杜可婕人贓俱獲。

「我只是純粹好奇，想看看妳的日記在寫什麼而已。」

杜可婕上前搶回男友手中的筆記本，更正道：「這不是日記，是我正在寫的一部小說。」

「那我更好奇了，這是一部愛情故事嗎？可以借我看嗎？」

「不行，我還沒寫完。」杜可婕將筆記本護在胸前：「在完稿以前，我不想讓人看見，我會覺得很丟臉。」

「不看就不看，我本來就不愛看小說。」向書磊頓了一下，又問道：「我倒是對愛情故事有一點疑問，那些作者們究竟是怎麼決定，他們故事的結局應該是好結局，還是壞結局？」

「這是我個人的看法，在現實中有段圓滿愛情的人，會在故事裡寫出壞結局，而在現實中有段失敗愛情的，會在故事裡寫出好結局。」

向書磊的反應很快，立刻說道：「那我曉得了，妳的小說一定會是壞結局，因為我們倆一定會有好結局。」

杜可婕笑得很燦爛，看到她的笑容，向書磊感到豁然開朗，其實，她就是一個單純的女人，沒有什麼祕密，是他太複雜了，而她是如此的可愛。

他整個人鬆懈了下來，不再去懷疑他們之間的感情。可是，他忘記了一件事，也許他的感冒痊癒了，但心裡的毛病依然沒有得到治療。

於是，他瞞著杜可婕，跟她的好友董欣霓發生了關係。

他為什麼要這麼做？

那不是背叛！他是真心愛著杜可婕，她跟他交往過的女孩們不一樣，她是獨一無二的。

他對其他女人好，只是為了證明自己可以讓每個人都愛他，也可以讓每個人都恨他。

原本，照以往的慣例，有了新歡，差不多就是結束上一段戀情的時候。他會故意讓那些女人發現他劈腿，然後，就等著看她們吃醋抓狂，臉孔崩壞扭曲。到時，他就可以理直氣壯地提出分手。

但這次不一樣，他害怕被杜可婕發現。每次與董欣霓偷情，他總是小心翼翼的，地點更還在一間為投資而買下的公寓。由於屋子登記在母親的名下，他不但能自由出入，還不會留下線索。

他愈是想瞞著杜可婕，內心就愈痛苦。他恍然醒悟到，他過去的所作所為都是錯的。他決定治好這個壞毛病，便跟董欣霓斷絕了往來，離她遠遠的，也不再跟其他的女人搞曖昧。

終於，這場病治癒了，但病人不是他，而是杜可婕。她搶先治好了愛上壞男人的病。

那一天，向書磊接到杜可婕的來電，約好下班後在一間書店碰面。在此之前，他們不曾在書店約過會。以向書磊這般敏銳，照理說，應該可以察覺到事有蹊蹺。要是他的第六感再強一點，心頭還會升起一股不祥的預感，但他竟然沒半點懷疑，還不停地在想，今天到底是什麼特殊的日子？待會兒，得要跟女友好好慶祝一番。

也由於心思拐錯了彎，向書磊沒有注意到四周的街道有點眼熟。

當向書磊一抵達那間書店的門口，不覺愣了一下。這家店是複合式經營，不只賣書，也賣咖啡，甚至還有一名大鬍子音樂家在店裡拉大提琴。這樣的書店，他倒是第一次見到。

「歡迎光臨。」那名大提琴手忽然放下弓弦，對向書磊面露微笑。他見對方一臉困惑，主動自我介紹道：「我是這裡的店長，大家都叫我麥老闆。請進來坐坐吧！要看書還是要喝咖啡都行。」

既然老闆親自招呼，向書磊也直接表明來意：「我跟我的女朋友有約。」

「你找可婕是吧？」

向書磊訝異道：「你怎麼知道？」

「可婕是我們店裡的常客。她總是一個人坐在靠落地窗的位子，有時候靜靜地看書，有時候望著街景發呆。對了，最近，她也開始寫作了。真期待！不知道她會寫出怎樣的作品？」麥老闆說了一大串話，接著，才回答向書磊的疑問：「不過，我發現，她今天跟平常不太一樣，有點心不在焉的，頻頻看著手錶。所以，我猜，她應該是在等人。」

向書磊與麥老闆短暫交談後，便自行走進店內，身後很快又響起了琴聲。

穿過書架之間，向書磊來到座位區，他一眼就看到那面大落地窗。透射而入的光芒照耀在窗邊的每一張桌子上，然而，沒有一張椅子上坐著客人。

向書磊一臉納悶，他又在店裡繞了一圈，都沒有瞧見杜可婕的蹤影。他只好再回到店門口，詢問道：「麥老闆，我沒看到可婕呀？還是你們這兒有二樓？」

麥老闆顯然不信，他親自帶領向書磊走到落地窗角落的那個位子。這下子，連他也傻眼了：「咦，她剛剛還在呀？……沒錯呀，這是她的老位子。你看，她的東西還在這兒。」

桌上只有一杯冷掉的咖啡、一本書，以及一張空椅子，唯獨沒有杜可婕的存在。

向書磊拿起那本書，書名寫著《小王子》。他怎麼也沒想到，會在這個時機、這個場合又看到這本書，忽然有種很懷念的感覺。

「我先坐下來等她好了。也許，她等一下就會回來。」

向書磊坐在桌子另一邊的空位上耐心等待，等了十分鐘……半個小時……兩個小時……

他還不曉得，杜可婕再也不會赴約了。

沒多久，杜可婕失蹤的事件便登上了新聞的版面。

整起事件的重心都圍繞在杜家人的身上，身為男友的向書磊就像個透明人一樣，被孤立在圈外，有如一個旁觀者。可是，他焦急的程度比起杜可婕一家人，有過之而無不及。儘管杜家人並不知道他背叛女友一事，心虛的他卻自認無顏見他們。於是，他悄悄地退到幕後，獨力尋找著杜可婕的下落。

向書磊跑遍他們約會曾去過的地方，可惜，全都撲了空。他靜下心來思考，假如，杜可婕的不告而別是為了懲罰他，那麼最關鍵的線索，應該就是那一場謎樣的約會。她選擇約在那間書店，又突然臨時爽約，這一定都有她的道理。

他再度前往麥老闆的書店，表明來意後，便坐在杜可婕的老位子上，等待著奇蹟出現。麥老闆很同情他，也不便趕他，任由他在店裡坐一整天，從開店坐到關店。

隔天，他一早又到書店報到。等了一個上午，身心俱疲的他趴在桌上打起瞌睡，就在這時，手機響了起來。被嚇醒的他一看手機，是董欣霓的來電，他想也不想就立刻掛斷。

喝了一口咖啡，他試圖提振精神，將視線投向窗外。突然間，一股強烈的既視感襲來。

這條街道為什麼這麼眼熟？他是不是經常走過？這到底是哪裡？

然後，他恍然大悟。

從落地窗看出去，這個視角正好可以看見一棟公寓。位於三樓有一間臥房，也有一面落地窗，窗簾大大地敞開，毫無遮掩的房間呈現在他的眼中。就在那張床上，他與董欣霓有過一番激情，也曾好幾次與她赤裸裸地走過窗邊，但他從來沒注意到，底下竟有一間書店。

這個位子看似平常，卻揭露了一個可怕的真相。它讓杜可婕在偶然中，目擊了他與董欣霓偷情的事實。

向書磊的心中被無限的懊悔與羞愧所占據，只有一個人能夠救贖他，那個人

就是杜可婕，而她卻已經不在了。難道說，這就是她留給他最殘忍的懲罰嗎？

她放在桌上的這本《小王子》，是在暗諷他不愛讀書嗎？可她不知道，這本書是他唯一讀過的一本。她以前為什麼不跟他聊這本書呢？而是要聊三毛、赫拉巴爾、索爾・貝婁……那些他根本聽都沒聽過的作者跟著作呢？他好想告訴她，他看過《小王子》，他知道裡頭說了什麼故事，那是充滿寓意的奇幻童話，是母親對他不切實際的期望。

他沒辦法當一個高貴溫柔的小王子，他是個徹頭徹尾的大爛人。

又或者，那就是杜可婕的用意。她要喚醒他心底沉睡已久的純真靈魂，過去種種的叛逆行徑，都只是他用來欺騙世人的假象。其實，他多麼渴望當那個受人喜愛的小王子。

想知道解答，向書磊就必須找到杜可婕。他厚著臉皮前往杜可婕的租屋處，正巧遇上了她的母親，在徵得秦若蘭的同意後，從杜可婕的遺物中帶走了那些書。最恨讀書的他下了一個決定，就當作是折磨、當作是贖罪，他要把她珍藏的書全部看完。

閱讀的過程比向書磊想像中更痛苦十倍。

一開始，不管他坐著讀、躺著讀、跪著讀，怎麼讀都讀不進去。剛翻到下一頁，上一頁的內容就忘了一大半，再不然，就是看著密密麻麻的字，在腦海裡扭曲成複雜的密碼。他拚命地讀，從早讀到晚，結果，就像個厭食症的患者，把勉強塞進腦裡的內容又再吐了出來。

為什麼可婕可以像呼吸一樣，如此自在地閱讀著這樣艱澀的文學作品呢？

經過一個禮拜的苦讀，他付出的心力幾乎是徒勞無功。倒在臥房裡的他，陷入極度疲累的狀態，就在意識朦朦朧朧間，眼前浮現了幻覺。他瞧見杜可婕正坐在床頭，輕輕地擺動著纖細的雙腳。

「……你就這麼不愛看書嗎？」

向書磊以為杜可婕真的來了，他想上前抱住她，偏偏身體僵硬得跟石頭似的，一動也不能動；他想張開口喊她的名字，喉嚨竟沙啞得發不出聲音來。

更玄的景象出現了，向書磊眼睜睜地看到他的身上飄出了另一個自己，那個「向書磊」逕自在跟杜可婕對話。

「書哪有妳好看？」那個「向書磊」一副痞子的嘴臉說道。

「書也是人寫出來的。你對女孩子這麼瞭解，為什麼不能去瞭解書呢？」

「既然這樣，那我直接去認識人就好啦。看什麼書？多浪費時間。」

杜可婕認真地說道：「才不呢！書比人更容易懂。每一本書上的文字，都是一個人最赤裸裸的靈魂告白。你一讀，就能直接看透他的內心世界，而跟人相處，則有太多的虛偽與壓抑。他不說，你又怎麼猜得透？」

「妳又想騙我去讀書了。我不幹！那對我來說，太難了！」

「要學會讀書，其實很簡單。」杜可婕眨眨眼睛，笑著說道：「只要把自己丟進書裡頭就好了。」

當向書磊奮力地爬起身時，床前的杜可婕瞬間消失了。那不是他的幻影，而是他與她的一段回憶，適時給了他一個重要的啟示。

他之前都是隨意挑選一本書來看，這一次，他先從作者的生平看起。接著，他注意到《人間失格》的作者太宰治，瀏覽起太宰治的生平。這個人跟他一樣，出身於富裕家庭之中，本該過著無憂無慮的人生，然而，太宰治在寫完這部作品後，竟然投水自殺了。

《人間失格》在日文中的意思，就是失去了做人的資格，這個書名吸引了向書磊。他心想，這是怎樣的一個作者？這是怎樣的一本書？原來，並不是每一個人，都能保有當一個「人」的資格？

向書磊好奇地翻開書，愈讀愈是激動。一直以來，他不被人們理解的心聲，可這叫太宰治的人卻完全明白。他明白醉生夢死的空虛，明白不懂得愛人的痛苦。

讀完以後，向書磊的腦子像是被炸開了一樣，那一刻，他終於真正讀懂了一本書。

從此以後，讀書對他來說，再也不是難事了。

他開始聽得見書本說話的聲音，那是作者們的吶喊，喊出來的盡是人生的苦悶。奇妙的是，聽得愈專注，他的心靈就愈平靜。

後來，他在書堆裡發現了杜可婕的小說手稿。他心念一動，截取了其中一則上傳到網路。他期待，杜可婕能夠看到自己的作品公開，然後，想起往事與故人的美好。

向書磊又想起了杜可婕說過的「結局理論」，雖然，她所寫的那篇小說終究沒能寫完，但他很確定一件事，在她故事裡的男女主角，一定會有個圓滿幸福的好結局。

那份手稿還帶給他一個更特別的靈感，他索性模仿起小說裡的角色，開一間獨立書店。於是，他瞞著家人出走，斬斷過去所有的羈絆，隻身遠赴宜蘭一座默默無聞的小鎮，展開他全新的人生。

這一切，都是為了杜可婕。他想讓她看看，他也可以成為值得她愛的男人。所以，他在店裡等著她出現。

他不再是向書磊。現在的他，是楊墨成，是閱樂書店的老闆。向書磊已經被他殺死了。對一個罹患不治之症、失去做人資格的混蛋，這是最適合他的下場。

只不過，每當寒流來襲的時候，他總會想起在山丘上的那個下午，以及裹在他大衣底下的那個傻女孩。他曾經靠她如此的近，如今，她卻不知身在何方。

重獲做人資格的他，終究也是個普通的凡人，遲早有一天，他會再次感冒、生病，他會咳嗽、會發燒、會四肢無力。但是，在他有生之年，將再也感染不到那一株跟杜可婕心靈相通的病毒了。

第十章　小王子的旅程

巷弄裡的那家書店已經歇業快半年之久了。

「閱樂」兩字的招牌多了幾筆頑皮的塗鴉，四面的門窗都蒙著厚厚的灰塵，玻璃上的裂口是野孩子們玩球的傑作。為了撿球，他們還擅闖店內，敞開大門，不僅讓外頭的飛沙弄髒了書本，擺在桌上那些輕薄的雜誌甚至還被風吹到了戶外，散落在馬路邊、水溝裡，沒人管，也沒人理。整間店就這麼任憑荒廢。

當杜可馨再次回到店門口的時候，她所看到的就是這幅殘破不堪的景象。

她以為，楊墨成只是暫時外出，明天就會回來。但好幾個明天都過去了，她依然沒有等到他現身。

她選擇繼續等待。於是，她一邊等，一邊又回想起那一天的事。

時間倒回到楊墨成與杜可馨分開的那個早上，他把自己所知道的、所隱瞞的、所欺騙的一切全都告訴了她，而這一切只歸納出一個結論——他是始作俑者、是幕後真兇、是罪魁禍首。

杜可馨傻傻地問著他：「我應該恨你嗎？」這問題不應該問別人，應該問她自己。她問了，而她的心裡也發出了激烈的回響：

「對，我很恨你！我恨你的原因，是因為我不能夠再愛你了！」

但她的心聲也無法否認，他所犯下的錯是不可原諒的，尤其想到姐姐所遭遇到的打擊與傷害。

如果她是姐姐，她一定會崩潰……

如果她是姐姐，她再也不要見到這個人……

如果她是姐姐，她好想跑到世界的盡頭，躲起來大哭……

如果她是姐姐……等等！

現在的她，跟姐姐當時的心情不是很像嗎？

杜可馨忽然掌握到一個很重要的關鍵，她之前尋找姐姐的方式，有如在五里霧中漫步，而就在這一瞬間，她彷彿看見了姐姐走過的道路。

於是，她就維持著這樣的心理狀態，被情緒牽著一直走。她拖著行李離開閱樂書店後，便走出了小鎮，愈走愈遠，愈走愈陌生，從白天走到黑夜，穿梭在一次次的日出與日落之間。

這已經不是單純的散步，而是一趟旅行。她有時在旅館落腳，有時借住民宿。表面上，她看似漫無目標地流浪著，然而，每到一個岔路口，她總是毫不猶豫地就挑了其中一條路，接著，繼續前進。

沒有任何道理，也提不出什麼科學根據，杜可馨僅僅憑著似有若無的感應，相信姐姐來過這裡，相信姐姐走了這條路。

筆架山不是姐姐的終點，而是起點。所以，無論父親怎麼找，都不可能找到她的下落。

就在某一個夜晚，她走到了一片荒涼的海濱。放眼望去，看不見燈火，她放棄住宿的打算，索性躺在遼闊的草原上，她仰望著滿天的星海，把腦子徹底放空，什麼也不想……慢慢地、慢慢地，有一道如絲線般的意念，悄悄地、悄悄地傳遞過來。

跟姐姐幾乎沒有半點相似處的她，在這一剎那間心有靈犀。她感覺到了，姐姐還活著，就在這浩瀚宇宙的某處。

她沒有再走下去，她的旅程到這裡畫下了句點。

因為她發現，她已經不恨楊墨成了。

——

返回市區，杜可馨所做的第一件事，就是打電話給家人報平安。她沒有重蹈覆轍，畢竟，她不是姐姐。她自知是個草包，思想太膚淺，受了傷也容易痊癒。說不定，哪一天等姐姐的傷痛完全撫平後，家裡就會響起她的來電。

掛斷電話，杜可馨沒有回家，而是折返原路，像是倒帶的電影一樣，她又重回到閱樂書店的門口。當然，那個男人已經不在了，只剩下一間業已倒閉的書店。

她等了又等，等得快要不耐煩了。她心想，與其在外面等，不如到裡面等吧！她剛走進店裡，又再想到下一個好主意。

與其等不到人開店，乾脆我自己來當老闆吧！

說做就做是她一貫的性格。當天，她就入主閱樂書店，將裡裡外外清掃過一遍，每本書都拿起來一一擦拭乾淨，弄到關店時間才告一段落。隔天，她就馬上開店恢復營業。她有決心，不做則已，既然要做，就要做得比上一任老闆更好，把二手書店的精神發揚光大。

收書賣書的生意照舊之外，杜老闆又擴展了新的版圖。有一天，她看到網路上有篇獨立書店的報導，她心血來潮，主動跟那家書店的老闆聯繫，獲得了對方善意的回應。她這才知道，世界上還有很多跟她們家一樣的書店。

透過網路的搜尋，她積極接觸各地的獨立書店，與眾家老闆互相聯繫，或是分享開店心得，或是交流圖書資訊。除此之外，她也想看看，還能不能找到另一個楊墨成。

而楊墨成究竟去了哪裡呢？

沒多久，她得知楊墨成以向書磊這個真實的身分，回到了台北的家中，還來不及闔家團圓，就被迫面臨一個艱鉅的考驗。為了幫父親討回公道，他又以華泰醫院前院長長子的角色，投入這場家業爭奪戰，甚至還引爆了院內各派系的內鬥。整個過程曲折離奇，比電視劇還精彩，而且更真實。

向書磊無疑是這場戰役的主角，他雖然處於劣勢，又遭到敵派惡勢力的打壓，但他還是突破萬難，找到敵派的收賄證據，一舉揭發了醫院刻意隱瞞的醜聞，並成功奪回了醫院的主導權。

可能會有人以為，這些消息是董欣霓告訴杜可馨的，其實，並非如此。在小鎮開發案半途夭折以後，她便辭去了工作，目前在教會裡當志工。杜可馨也去那兒拜訪過她幾次，董欣霓以往幹練強勢的神氣已不復見，取而代之的，是溫和平靜的表情。然而，從她的口中，再也聽不到任何跟向書磊有關的事。

回到正題，上述關於華泰醫院的種種祕辛，絕大部分都是從電視新聞與八卦週刊看來的。媒體形容向書磊上演了一齣《王子復仇記》，有如現實版的《白色巨塔》。這起事件後續又被挖出了更多醫界的內幕與醜聞，話題足足延燒了快一個月。

儘管鬧得沸沸揚揚，對於這座偏遠的小鎮而言，那似乎是遠在另一個國度發生的事。

花費了一番工夫重建，老劉的店也再度開張大吉，房子變新了，鴨賞炒飯仍舊保留了傳統的古早味。歷經了這段期間的風風雨雨，老劉看得很開，客人少也好、多也好，日子過得心安最重要。

出乎大家意料之外，臭龜與阿比這一對宿敵竟然成為了好麻吉。小屁孩就是小屁孩，說打架就打架，說和好就和好，不像大人們那麼做作。杜可馨經常看到他們在這條街坊跑來跑去，不是來書店閒晃，就是去老劉的店打混。

這一天，杜可馨也在老劉的店裡等著她外帶的炒飯，恰好聽到電視新聞的播報聲。她轉頭一看，又是華泰醫院事件的報導，令她目不轉睛的，是畫面中出現了穿著醫生袍的向書磊。他戴著黑框眼鏡，一副我是精英的自傲模樣，對照以前那個耍痞嘴賤的楊老闆，簡直是判若兩人，讓她看了又好氣又好笑。

跩歸跩，倒還挺人模人樣的嘛！

她心想，心裡有那麼一點點兒想誇他帥，掙扎了一下，還是不想承認。

這時，坐在桌前猛吸麵條的臭龜也注意到電視新聞，他先是撐大眼睛盯著螢幕好一會兒，才推推身旁的阿比，說道：「喂喂喂！你看，電視上那個人長得好像書店的楊老闆喔！」

阿比抬起頭來，瞧見電視裡的向書磊正低調地穿過攝影機前，他沒有對媒體發表任何談話，快速地走入醫院的大門內。

「長得有點像而已啦！那才不是楊老闆哩！」阿比信誓旦旦地說道：「他沒那麼帥！」

杜可馨聽到這句話，忍不住噗嗤一笑。阿比不曉得從向書磊到楊墨成這段複雜的心路歷程，自然也不會相信，一位公子哥醫生怎麼會變成二手書店的老闆。

可是，阿比還是說對了，杜可馨也跟他抱持著同樣的看法，那個人不是楊墨成，不是她朝思暮想的人。

山丘上的日式建築換過了許多位主人，如今，它成了杜可馨一個人的家。過去的鬼話連篇已被鎮民們拋諸腦後，大家開始編織全新的傳說。在那棟老房子裡住了一位大眼睛的美女，老愛在屋裡蹦蹦跳跳。據當地某個小屁孩的說法，這位美女有點恰北北，最好，別隨便從她家的窗戶爬進去，不然，可是會被她痛罵一頓。

杜可馨記得楊墨成曾經說過，這房子最適合一個人住。她漸漸能夠體會個中道理，白天，整棟屋子就像是一幅油畫，她靜靜品味著它的寧靜；到了夜裡，她也不再害怕，只有在黑暗中，她才看不見自己的孤獨。

那齣醫界風雲的新聞熱度早就過去，在觀眾的記憶裡一天天地淡去，那名黑框眼鏡的帥哥醫生也消失在螢光幕前。這意味著，向書磊已經回歸到自己的人生軌道上，他不會回來了！杜可馨的心裡是這麼猜想的。

起初，杜可馨掌管閱樂書店、定居山丘老屋，全是為了再見楊墨成一面。時間久了，人沒見個影子，而她卻已經住慣了。想想這也不壞，也許，她就一直住在這裡，十年……二十年……五十年……最後，變成一個老婆婆。當楊墨成來的時候，他也會是一個老公公。這樣一想，似乎也挺有趣的。

只是，日子一天天地過去，她每次照鏡子，都看不出自己有變老的痕跡，還是那張長不大的臉孔。

偶爾，當她在大廳打掃的時候，會忽然停止一切的動作，將頭微微斜側，然後，她彷彿聽見了二樓書房的鋼琴聲，溫柔地帶領著她在地板上踩著熟悉的步伐，在寂寞的空氣中翩然起舞。

那一年的夏天，在杜可馨的邀請下，杜逸民與秦若蘭前來探訪女兒，順便在此度假。只見杜可馨不停地忙進忙出，四處張羅，積極規劃著各項行程。小鎮雖小，在她的安排下，也不輸給知名的景點。

品嚐了全國第一的鴨賞炒飯，參觀過充滿文藝氣息的閱樂書店，除了這些必然的行程之外，她又帶父母繞了這座小鎮一圈，親自解說著她對當地的觀察與感受。看到父母親玩得盡興，她本人更加開心，他們一家已經好久都沒有過如此歡樂的氣氛了。

仔細想想，這座小鎮根本不需要開發案嘛！這一片土地、這裡的人情，明明第一眼看到就覺得它很美麗，為什麼還需要改造呢？

杜可馨很想帶父親去一個私房景點，可是，心裡卻猶豫不決，不確定這對父親是好還是壞。最後，她將好與壞的評判交給父親自己決定。她打開屋子裡那扇神祕之門，領著父親走進地下室。

杜逸民一開始稍微有點激動，發呆片刻後，他的肩膀停止顫抖，靜靜地站在畫著愛女的那幅肖像前，凝望了好久好久。杜可馨看得出來，他的心裡有很多話想跟姐姐說，所以，她默默地退出來，留給父親與姐姐單獨相處的空間。

就這樣，杜可馨跟家人度過了一個美好的夏天。他們在餐桌上無話不聊，聊東聊西、聊天聊地，甚至連姐姐的事也不再是禁忌，常會自然地出現在茶餘飯後的話題中。他們在不知不覺之間，都已經接受了她不在的事實。曾經吹垮這個家的那場暴風雨終於遠去，杜家又看到了雨過天晴。

在杜逸民與秦若蘭小鎮假期中的最後一個下午，杜可馨看到父母親併肩坐在院子的躺椅上，眺望著山丘下的綺麗風光，在她的眼中，有如是兩張躺椅上鑄了兩具鶼鰈情深的雕像。能夠與心愛的人攜手到老，是多麼幸福的人生！杜可馨的心中充滿了無比的感動。

這樣的畫面就像一本故事書般的美好，讓她相信，書本上的世界絕對不是騙人的。每一本書都是一位作者生命的體驗，也許，情節是虛構的，但感受絕對不是無中生有。

秋天是宜蘭的雨季，有時候，雨一下就是一、兩個禮拜，而窩在家裡看書，就成了杜可馨最好的消遣。

她為自己設定了一個目標，立志要把姐姐書架上的書全都看完，也就是因為她的堅持與耐心，讓她意外地獲得了一個驚人的大發現。

這一天，她在書架上隨機挑中了那本《小王子》，它是赫赫有名的經典，可她卻未曾讀過。這本書並不厚，她沒花多久時間，就看到故事的尾聲。她內心第一時間的反應是：「啊？沒了？」

她總覺得這個故事沒說完，心有遺憾，硬是要翻到最後一張紙為止。沒想到，她翻著翻著，翻到原本該是空白頁的地方，上頭竟然有姐姐的字跡。

這個發現觸動了杜可馨全身的神經，她連一口氣也沒喘，就把整篇內容一字不漏地讀完。那是一篇寫給向書磊的留言，訴說著姐姐最真實的心聲：

若是你來了，卻沒有看到我，請不要感到困惑，並不是因為你遲到，而是我先提早走了。

今天約你是我臨時起意，連我自己出門都有點兒倉促，忘記攜帶紙筆，倒是書沒忘了帶。還好，我跟麥老闆借了一支筆，就直接寫在這本《小王子》書末的空白頁上。值得一提的是，麥老闆煮的咖啡很好喝。如果你有時間，點一杯他的特調，以悠閒的心情坐下來，看完我要寫給你的話。

首先，我想跟你道歉。關於你跟欣霓的事，我明明知道，卻沒有說出口。大家印象中的我，是個愛看書的人，宛如把聰明與氣質當成禮服穿在身上。可是，我不希望別人認為我很了不起，說穿了，我只是個不愛說話、喜歡安靜的人。不過，我喜歡說故事給別人聽，而每個聽故事的人都很安靜。是的，就像此刻正在傾聽的你一樣。

在這個世界上，有多少人像我一樣，看書看到著了魔？有一次，我忽然心生一個疑問。當我打開書中的世界，放任故事裡的人物粉墨登場時，那一刻，我到底在哪裡？我又是誰？我是不是根本就不存在呢？

那就是我透過一樓的落地窗，看到你們在窗前激情時的想法。

但這不是一本書，這是我的人生、我的愛情、我的悲傷。

我曾經跟你說過，每本書都是一個靈魂。於是，我開始嘗試寫作。我好想、好想聽聽看，我的靈魂到底在說些什麼？

然後，我聽到一件令我害怕的真相。

我沒有自己以為的那麼愛你。

要是我可以早點告訴你，你就能解脫了。你認為你對不起我，但你沒有欠我什麼，是我從一開始就忘了付出。

我想親自告訴你這個事實，才有了我們這一場書店裡的約會。可是，我到了以後，剛點完咖啡，我又膽怯了。

最後，我選了一個偷懶的方式，留下這本書。你只要把書看完，然後，我們就完成了分手的儀式。

不瞭解我的人，把我當成近乎完美的夢幻女孩，事實上，你從我處理我們的事就看得出來，我是個自私又任性的人，跟我的妹妹可馨剛好相反，她一點兒心機也沒有，只有一顆純粹無邪的心。不過，她倒是跟你很像，討厭看書，偏偏又愛聽故事。

但我們不能總是等著別人為我們說故事。

所以，這是我的另一個壞心眼。我把書放在這裡，等待你去翻閱它，主動發現我的這篇留言，以及我選這本書的用意。

這本《小王子》敘述的是一段奇幻的冒險旅程，而當我放下筆，走出這間書店以後，我也將展開一場屬於自己的大冒險，並將我的所見所聞，當作未來寫作的素材。

我會迷路、會碰上阻礙、會遭遇危險、會心生疲憊……這是我自找的麻煩，也是我應得的報應。

如果，你們一直找不到我，開始想念我，那絕對不是我想故意逃避這個世界，也不是為了折磨、懲罰愛我的每一個人，而是……我正在努力找尋著回家的路。

杜可馨讀完以後，這才恍然大悟。

向書磊一直以為，《小王子》是姐姐對他的期望，原來，他一直都搞錯了。其實，姐姐才是那個小王子。

然而，姐姐明明把一切前因後果，以及兩人分手的決定，都告訴了向書磊，為何這些年來，他還是活在迷惘與困惑之中？

理由很簡單，杜可馨一想就通。因為，向書磊根本沒看到這篇留言。

杜可婕在書店留了那本《小王子》給向書磊，但偏偏這一本書，是在姐姐那排書架裡他唯一讀過的書，他沒再去讀第二遍，也就翻不到最關鍵的那一頁。

這個不看書的男人，到頭來，卻被一本自己看過的書所誤，想想也真是諷刺。

杜可馨將《小王子》放回書架上，接著，她又看了張愛玲的《傾城之戀》。比起《小王子》，她更愛這個故事，這已經是第三遍讀這本書，她永遠記得結局裡的那一段話：「到處都是傳奇，可不見得有這麼圓滿的收場。」

而從這本書中，杜可馨似乎早已經預知了自己的未來。如她所料，無論她等得再久，楊墨成始終音訊全無。在她往後的漫長歲月裡，再也沒有遇見過這個男人。

身為書店的當家老闆，杜可馨有權自訂與修訂店內的各項規則。好比說，她將原本的關店曲目做了大幅度的調整，改放自己喜歡的流行歌。另外，她又新增了所謂的開店曲，於每天早上九點開張時，準時播放。

杜可馨一邊聆聽，一邊哼唱，坐鎮在書店的櫃台處，準備迎接嶄新的一天。

「這什麼歌呀？難聽死了！」

聽到這熟悉的聲音、熟悉的吐嘈語氣，杜可馨往門口看去，書店外站著一個熟悉的男人。

這個男人不是楊墨成，他是向書磊。

看到他的那一瞬間，杜可馨有好多好多話想問，可是，所有的問題都擠成一團，不曉得該先問哪一個，倒是向書磊搶著說明道：

「醫院那裡該做的我都做了，以後，就沒我的事了。我總算可以拍拍屁股，一走了之，做我自己真正想做的事了。」

杜可馨聽完，已經沒有問題要問了。他出現在這裡，就是最好的回答。

「辛苦妳了，一直看著這間店。」向書磊慰勉道。

杜可馨理直氣壯地回答：「那還用說！自己的店，當然要自己顧呀！」

「這明明是我的店吧！」向書磊抗議道。

「你已經不要這間店了。現在，我才是老闆。」

「那我算什麼？」

突然間，杜可馨整個人飛撲到向書磊的懷裡，緊緊地抱著他，怎樣也不放開。她的淚水在眼眶裡轉呀轉的，還是忍不住滾了下來。

「……你，就是我一直在等待的那個客人。」

不管是楊墨成還是向書磊，她愛的那個人是誰，她的心裡最明白。所以，猶豫與掙扎都是多餘的。她要選擇跟姐姐一樣的方式，傾聽著靈魂的聲音，而真相已經水落石出。

「你們店裡還缺人嗎？我可以應徵店員。」向書磊看著懷裡的杜可馨說道。

「你不是真的想當店員。」杜可馨推開了向書磊，擦擦眼淚，整理一下有點亂掉的頭髮，正色道：「我知道你的陰謀。你想篡我的位，自己當老闆！」

「給個機會嘛！」

杜可馨想了一想，說道：「不然，先從實習生做起好了。而你的第一項工作，就是把這本書讀完。」

杜可馨硬塞在向書磊手中的，正是那本《小王子》。

「這本我已經讀過了耶！」

杜可馨堅持道：「再讀一次！我保證，你會有全然不同的感受。」

———

巷弄裡的那家書店將繼續營業下去。

在這平凡無奇的一天裡，發生了兩件令人開心的事，讓杜可馨的心情一整天都很愉快。

第一件事，是她早上接到梁立芸的來電。前些日子，向書磊便已將姐姐的手稿交給了這位編輯，新書近期即將出版。這是屬於姐姐的成就，杜可馨期待，有一天，可以把這本書親手交到姐姐的手中。

第二件事，是她的獨立書店聯誼網已經擴展到了國外。其中，有一間遠在倫敦的獨立書店，那裡的老闆特地來信告訴她一件事。

昨天關店前一個小時，他的店裡空空蕩蕩的。這時，有一位留著烏黑長髮的東方女孩優雅地走進店裡。她沒有說話，僅僅點頭微笑跟老闆致意，隨即，便在店裡到處瀏覽。出乎意料地，她挑了一本童話繪本，一邊翻閱，一邊喃喃自語地唸了起來，上頭寫的是英文，而她唸的顯然是中文。

老闆被她的舉動深深地吸引，儘管他聽不懂中文，但他怎麼也忘不了她唸故事的聲音，那聲音是多麼地好聽。

那會是姐姐嗎？她已經旅行到英國了嗎？而她的下一個目的地，又會是哪裡呢？

杜可馨很快就寫了一封英文回信，感謝老闆分享了這個美好的小故事。不過，她哪兒也不會去，她要待在閱樂書店。如果，她是小說裡的一個角色，那麼，她必然有屬於自己存在的意義。

「……我終於懂了。姐姐，妳並不是要我去追尋妳的故事。」杜可馨一邊喃喃自語，一邊拉開了閱樂書店的大門。

「因為，我本來就有自己的故事了。」

國家圖書館出版品預行編目(CIP)資料

巷弄裡的那家書店：
原創小說/夏佩爾, 烏奴奴撰稿.
-- 初版. -- 臺北市：遠流, 2014.07
面； 公分. -- (綠蠹魚叢書；YLK70)

ISBN 978-957-32-7420-9 (平裝)

857.7 103008655

綠蠹魚叢書YLK70
巷弄裡的那家書店 原創小說

巷弄裡的那家書店
Lovestore at the Corner

策劃製作｜夢田文創
製作顧問｜楊照
撰稿｜夏佩爾&烏奴奴
劇照｜劉雀如 攝影・夢田文創 提供
出版四部總編輯暨總監｜曾文娟
資深副主編｜李麗玲
副主編｜沈維君
企畫｜王紀友
封面設計・版型設計｜黃寶琴 優秀視覺設計

發行人｜王榮文
出版發行｜遠流出版事業股份有限公司
地址｜台北市100南昌路2段81號6樓
電話｜2392-6899 傳真／2392-6658
郵撥｜0189456-1
著作權顧問｜蕭雄淋律師
法律顧問｜董安丹律師
輸出印刷｜中原印刷事業有限公司

2014年7月1日 ｜初版一刷
行政院新聞局局版臺業字第1295號
售價新台幣300元（缺頁或破損的書，請寄回更換）

Printed in Taiwan
ISBN／978-957-32-7420 -9（平裝）

ylib 遠流博識網
http://www.ylib.com E-mail: ylib@ylib.com